ro
ro
ro

Andreas Platthaus, geboren 1966 in Aachen, hat Philosophie, Rhetorik und Geschichte studiert und ist Redakteur im Feuilleton der «Frankfurter Allgemeinen Zeitung»; seit 2008 verantwortet er dort die Wochenendbeilage «Bilder und Zeiten». Seit 1998 hat Platthaus mehrere Bücher veröffentlicht, darunter die Biographie «Alfred Herrhausen – Eine deutsche Karriere» (rororo 62277). «Freispiel» ist sein erster Roman.

Andreas Platthaus

Freispiel

Roman

Rowohlt
Taschenbuch Verlag

Veröffentlicht im Rowohlt Taschenbuch Verlag,
Reinbek bei Hamburg, April 2011

Umschlaggestaltung any.way,
Cathrin Günther / Walter Hellmann
(Abbildung: Walter Hellmann; iStockphoto)
Satz aus der Adobe Garamond PostScript, InDesign,
bei Pinkuin Satz und Datentechnik, Berlin
Druck und Bindung Druckerei C. H. Beck, Nördlingen
Printed in Germany
ISBN 978 3 499 25566 3

Für M.
und M.

Klar sei der Mensch
und einig mit der Welt.

1.

Sie erzählt nicht, weil es etwas zu erzählen gäbe. Die Geschichte ist längst geschrieben.

2.

Ich bin gemeint.

Denn wenn drei dastehen und angeregt miteinander reden, doch verstummen, wenn ich komme, sich angestrengt in ihre Jacken ducken, scheinbar vor dem Wind, der über den quadratkilometerweiten Parkplatz pfeift, und um eine lässige Bemerkung ringen, dann muß man ja geradezu mitten hindurchgehen, «Kann ich mal? Ist kalt», die Tür aufmachen, den Sitz vorklappen und sich hinten reinfallen lassen, dahin, wo man früher auch immer gesessen hat.

Die Lehne schnalzt zurück, und ich fingere daneben nach vorne: schnell zuziehen. Dann durch die Scheibe den dampfenden Mündern zulächeln. Dem weit offenen von Stepan, der jetzt wieder auf die anderen einredet, als könne ihm keine Witterung die Sprache verschlagen. Dem verkniffenen von Makro, der die Fahrt in noch düsterer Laune erduldet als ich. Und Tommys Schnute, wie immer leicht offenstehend, der staunt sein Leben an, und ich staune über ihn, wie er das Gefasel und Gefuchtel von Stepan ertragen kann. Freundschaft kennt Irrtümer, aber der dort ist doch etwas zu drastisch. Oder irrt auch Liebe? Hinter dem Trio im Wind leuchtet über der riesigen Halle das gelbe U in die Wintertristesse: umkehren, umkehren, umkehren.

Jetzt kommt doch raus aus dem Geniesel, Jungs, und

da geht auch schon die Fahrertür auf, und der Innenraum ist mit einemmal voller Makro. In abenteuerlichen Verrenkungen faltet er sich über den Sitz nach hinten, bis er mit einem erleichterten Seufzer zusammensackt, die Kauerhaltung einnimmt, in der er schon die ersten zwei Stunden der Fahrt verbracht hat. Kein kleines Kunststück im Kadett, auch wenn Makro nicht eins neunzig groß wäre. Der Vordersitz rumst ihm gegen die Knie: «Au! Paß doch auf!» Obwohl er der Größte von uns ist, darf er nicht vorn sitzen, denn abgesehen davon, daß Tommy ohnehin keinen anderen ans Steuer lassen würde, ist Makros Lappen beschnitten: Führerschein 1b, damit darf er höchstens Traktor fahren. Und die Traktoren sind angesichts von sechshundert Kilometern doch lieber in den Scheunen geblieben, wobei ich mir den Effekt schön vorstelle, wir im Konvoi dahinschaukelnd Richtung Osten, und langsamer als jetzt wären wir auch nicht gewesen.

«Geruhen der Chauffeur weiterzufahren?» Stepan hat sich vor mir so heftig ins Polster fallen lassen, daß seine Lehne bis zu meinen Beinen durchfedert, und das will einiges heißen, denn er ist nicht dick, und ich bin nicht groß. So gesehen ist es ein Glück, daß Tommy bei der Abfahrt resolut hinter sich gewiesen hatte, als Makro vorne neben ihm einsteigen wollte. Einerseits verständlich, wo sie doch gestern nach einem halben Jahr zum erstenmal überhaupt wieder ein Wort miteinander gewechselt haben, andererseits schon erstaunlich, daß Makro der Platz neben mir zugeteilt worden ist. Für einen Augenblick hatte ich erwartet, daß Tommy nun mich nach vorne beordert hätte, denn mit Stepan ist ja auch noch längst nicht alles wieder so, wie es einmal war, und wollte Tommy das

Wagnis wirklich eingehen, ausgerechnet mich an Makros Seite zu lassen? Aber der duckt sich gehorsam möglichst weit weg von mir in die Ecke, macht sich klein. Der Hauptmann vorne dürfte es mit Freude gesehen haben.

«Nerv nicht, ich wart den Verkehrsfunk ab.» Spricht's und dreht Anschaltknopf und Frequenzregler gleichzeitig so weit auf, daß ein Wellensalat aus den Lautsprechern dröhnt, dabei ist es erst kurz vor halb, und wir hatten doch vorhin den Sender ganz klar drin, als wir ausrollten vom Schnellweg. «Mann, mach das Ding leiser!» Stepan greift rüber, aber Tommy fängt seine Linke ab: «Finger weg! An Bord bestimmt nur einer.» «Und das bist du, ja? Hast du das vom Bund mitgebracht, dieses Demokratieverständnis?» «Nicht nur das. Ich kann dir auch zeigen, wie Nahkampf aussieht, wenn du dich traust.» Sie sind beim Thema. Nach mehr als zwei Jahren immer noch, und mir wird klar, daß wir hier gerade die undankbarste Konstellation im Universum erleben: allein auf einer riesigen Asphaltfläche, während ein paar hundert Meter weiter die hupende Blechlawine zum Gletscher gestaut ist, bei grauer Dezemberkälte in einem Wagen, der ohne laufenden Motor schneller auskühlt als eine Aluminiumfolie, auf dem Weg zu dem Ort, wo es heute rocken soll, wie Tommy sich auszudrücken beliebte, als er uns zusammengetrieben hat. Drei früher einmal befreundete Feinde, die noch einmal auf beste Kumpels machen wollen, und ich.

«Mist, Werbung ist heut ja nicht, wie soll ich da erkennen, welcher der richtige ist?» «Was hältst du von so langweilig formalisierten Kriterien wie Frequenzzahlen?» Stepan weiß nicht nur, wie man Tommy auf die Palme bringt, sondern auch, wie man ihn bei der Ehre packt, sofort dreht der zurück nach links, der Zeiger wandert über die Skala, und schon springt das unverkennbare Signal in den Raum, das hier im Westen jede Unterhaltung im Auto erstickt und gottlob auch diese. Ach, von wegen: ein großes Hallo vom Fahrer, weil der Stau, den wir gerade angeblich umfahren, noch einmal angewachsen ist und sich inzwischen fast bis Wuppertal ausgedehnt hat. «Da wären wir jetzt gar nicht mehr runtergekommen.» «Was für ein Drama! Das hätte am Ende gar Stillstand bedeutet!» «Kann ich was dafür, daß die A40 nicht durchgesagt wurde? Hat einer von euch protestiert? Und hättest du mich nicht dazu überredet, erst mal auf der A43 zu bleiben, wären wir rund zehn Kilometer Kolonnenverkehr billiger weggekommen.» «Ich als Zivilist entscheide eben kühl nach mathematischen Gesichtspunkten. Fürs strategische Denken ist der Herr Gefreite zuständig.» Hoffentlich spürt Stepan mein Knie im Rücken. Tommy ist doch nun seit fast einem Jahr raus aus dem Laden, und war Stepan nicht sogar auf seiner Entlassungsparty, obwohl er ihm am letzten Tag vor Antritt des Wehrdienstes offiziell die Freundschaft aufgekündigt hatte? Leicht getan für einen, der ausgemustert worden ist wegen angeblicher Trichterbrust und sich dann als Student eine feine Zeit machen kann, während der ehedem beste Freund durch den Dreck kriecht. Danach war Stepan für uns alle erst mal erledigt. «Au», kommt es tatsächlich eher verwundert als schmerzvoll von vorne. Er dreht sich um, die Augenbrauen in Richtung Himmel, und ich ziehe meinen ausgestreckten Zeigefinger waagerecht am Hals vorbei. Stepan schüttelt den Kopf und lacht.

«Seid ruhig, verdammt noch mal, ich versteh ja nix.»

Ist denn heute das ganze Land unterwegs? Zur Kirche, oder was wollen die so früh auf der Autobahn? Die Kette von Staumeldungen reißt nicht mehr ab, die 40 ist mittlerweile auch mit dabei, und als er das hört, kippt Tommys Stimme fast: «Nach dem, was die sagen, hätten wir ja von hier an freie Fahrt bis Unna. Die erzählen einen Stuß, das glaubste nicht!» «Mann, laß doch einfach den Motor an», eine Grabesstimme aus dem Bündel neben mir, «es ist kalt hier drin, und eigentlich stehen sie ja auch gar nicht. Das sind nur die Ampeln.» «Verdammte Ampeln, und das auf der Autobahn!» «Wir sind nicht mehr auf der Autobahn, das ist der Ruhrschnellweg.» Jetzt kommt Tommy auf Touren: «Hört ihn euch nur an, unseren wackeren Kawasakifahrer. Biste schon mal mit Tempo achtzig hier langgeschlichen, daß du dich so gut auskennst?» Natürlich wissen wir alle noch, wie wir vor vier Jahren gemeinsam im Pulk hierhergefahren waren, ein Schwarm von zornig quengelnden Libellen, alle doppelt beladen, und weil wir nicht auf die Autobahn wollten, ging es durch die Pampa, und am Ziel des stundenlangen Trips lockte das Hallengebirge mit dem gelben U, lockte eine Rockband, die wir vergötterten, lockte die gemeinschaftliche Ekstase, die uns heute wieder hierhergebracht hat, aber diesmal liegt das Ziel viel weiter weg. Und jetzt fängt es an zu regnen.

«Auch das noch!» Demonstrativ kurbelt Tommy das Fenster herunter und wischt den Seitenspiegel ab. Makro grunzt nur und schlägt den Kragen seines Anoraks hoch. Immer noch der taubenblaue Bogner, die Skijacke, die er in allen Wintern anhat, seit ich ihn kenne. In den unterkühlten Monaten seit Juni hätte er sie also getrost auch tragen können, aber er hat wohl genug gekocht meinetwegen. Jetzt ist er eisig, kein Wort zuviel, und ich kann froh sein über meine Bomberjacke, die mich abschirmt gegen die Frustschrapnelle von nebenan. Wie Tommy und Stepan in ihrem Jeans-Partnerlook dagegen geschützt sind, ist mir schleierhaft. Doch um die beiden geht es ja auch nicht. Die Musik hat schon wieder eingesetzt, aber der Schlüssel steckt noch nicht einmal im Zündschloß. Mir doch egal, ich stecke in dicken Daunen. «Sind wir fertig?» Tommys Blick im Rückspiegel, ich kann sein linkes Auge sehen, das mich fixiert. Aber ich muß auf diese überflüssige Frage nicht antworten, denn Stepan legt mittlerweile jedes Fahrerwort auf die Goldwaage: «Eine erstaunliche Frage für denjenigen, der uns alle hier festhält. Ich darf sie wohl als rhetorisch begreifen. Oder richtet sie sich an die Person, auf deren Wunsch wir hier angehalten haben? Dann darf ich dich darauf aufmerksam machen, daß diese Person seit etwa einer Viertelstunde schräg hinter dir sitzt und wie wir anderen beiden ungeduldig darauf wartet, daß du dich bequemst, entweder die Fahrt fortzusetzen oder dich selbst auch noch in die Büsche zu schlagen.» «Dummschwätzer!» Da hat Tommy recht, und wenn es nur um Büsche gegangen wäre, hätten wir schon tausendmal eher stoppen können. Aber der Fahrer mußte ja erst zwei volle Runden über den Parkplatz drehen, bevor er mich an der Halle rausließ, wo tatsächlich eine Kneipe offen hatte, weil sie sich für den Abend rüstete. Ging es um Revanche? Oder war das befreite Aufröhren des Motors beim Rumkurven nur Kompensation für die Schleicherei bis hierher? Da konnte endlich noch einmal richtig Gas gegeben werden, auch wenn die Raserei nirgendwo hinführte, und als er endlich hielt, Stepan mich aussteigen ließ, rief Tommy mir durch die noch offenstehende Tür nach, daß er jetzt einfach etwas herumheize, denn ich bräuchte ja sicher meine üblichen zehn Minuten. Und schon sausten sie davon und umrundeten die Freifläche zum dritten Mal und danach wer weiß wie oft noch. Ich hab nicht mehr hingeguckt.

«Wir bringen die Band wieder zusammen.» Ich habe es mehr gemurmelt als gesagt, aber vom Fahrersitz kommt sofort Reaktion: «Was?» Er hat es genau verstanden, und er weiß, das ist nicht meine Sprache, das ist Ironie. So lautete der Satz, mit dem er gestern anfing rumzutelefonieren. Wir bringen die Band wieder zusammen, so hat er mit künstlich heiserer Stimme sowohl Stepan als auch Makro geködert, und ich mochte nicht glauben, was ich da hörte, denn wozu hatte ich endlich eingewilligt in seinen Blödsinnsplan, wenn er ausgerechnet die Leute dazuholt, mit denen ich ganz gewiß nicht diese Nacht erleben will. Daß er abends pro forma noch Karl angerufen hat, das war reine Kompensation. Und der muß ihn auch gefragt haben, ob er alle Tassen im Schrank habe, denn es fiel noch einmal der Satz: Wir bringen die Band wieder zusammen. Als ob Karl jemals dazugehört hätte. Aber Tommy wollte ihm schmeicheln, er sollte sich den Auserwählten zugehörig fühlen, als Mitglied in Tommys All-Star-Gruppe, die am nächsten Tag auf große Reunion-Tour gehen würde, we're on a mission of God, aber das hat er sich verkniffen, am Ende hätte noch irgendwer gedacht, Tommy meine mit Gott sich selbst. Hatte ja auch was Schöpfermäßiges, wie er die Truppe zusammenstellte. Aber Band? Dazu braucht es doch Individualisten. Wir sind eine Clique gewesen, nicht mehr. Und bei dem letzten Anruf ging es nicht einmal um die, da ging es vor allem um Simone, die unweigerlich mitkommen würde, wenn ihr Karl erst einmal gewonnen war für die Reise. Tommy erwischte sie im besten Moment: beide Elternpaare verreist, ein Auto frei für die Fahrt. Wo mochten die beiden gerade stehen? Auf der A 1 in Richtung Hagen?

«Fahren wir endlich weiter?» Eine Frage mit einer Frage zu beantworten ist nicht eben höflich, aber ich fühle mich plötzlich unendlich müde und will einfach keinen Streit. Obwohl die Frage eine super Vorlage dafür gibt. Unter den kleinen Locken arbeitet es, das kann man Tommys Hinterkopf ansehen. Stepan hat sich mißmutig von ihm weggedreht und starrt durch das dicht beschlagene und nun mit Rinnsalen gestreifte Fenster auf die stumme Halle. Zwei Hinterköpfe, beide blond, aber Stepans Frisur ist halblang und glatt, kein Fassonschnitt, dem schneidet die Mutter die Haare. Tommy hingegen sieht aus wie onduliert, der Pudel, aber das ist Naturkrause, und man kann wunderbar darin spielen, sie aufdröseln und wieder zurückringeln lassen, Kugelschreiberminen einfädeln, während er döst, damit er mich nach dem Erwachen niederringt, und dann geht es los, wenn er mich hilflos glaubt. Wie sollte eine so was mit Stepans Fransen machen? Er ist ja auch solo. Hat allen Grund, neidisch zu sein, traurig zu sein an so einem Tag, wo alle Zeichen auf Zukunft stehen. Er starrt und bleibt starr, ich schau mir das ein paar Sekunden an, und dann: «Darf ich dich darauf aufmerksam machen, daß die Scheiben aus Milchglas sind?» In Makros Ecke bebt es leicht. Wir hatten immer denselben Humor, wie schön wäre es, gegen die angeknackste Zweierallianz vorne eine starke Phalanx auf der Hinterbank aufzubauen. Wie soll man sonst die noch verbleibenden Stunden überstehen? Doch Tommy hat dieses Auto offenbar nach der Devise Teile und herrsche bestückt. Es ist keine Konstellation denkbar, die nicht seine Person einschlösse: Ich und er, klar. Aber ich und Stepan? Unvorstellbar, Feinde fürs Leben, gerade weil Stepan und Tommy früher so dicke waren. Ich und Makro? Wie sollte das denn jemals wieder gehen? Das weiß Tommy genau, da kann er meiner sicher sein. Makro und Stepan? Wie Feuer und Wasser, alles, was den einen interessiert, verabscheut der andere. Nur die Musik hat sie bisweilen zusammengeführt, aber da ist immer Tommy die treibende Kraft gewesen, Tommy, der lautstarke Organisator von gemeinsamen Ausflügen, auf Flugfelder, in Stadien, Hallen, Kneipen, wo die Musik spielte, die er mag. Und die wir zu mögen lernten, einer nach dem anderen, bis wir mit ihm tanzten und sangen vor den Bühnen dieser Welt. Deshalb war das auch so ein bezeichnender Satz: Wir bringen die Band wieder zusammen. Denn wir sind im Auftrag des Herrn unterwegs. Des Herrn Tommy.

«We're on a mission of God.» Jetzt also doch. Als könnte er meine Gedanken lesen, das läßt mich immer wieder staunen, diese Verbundenheit in Gedanken. «Auf Himmelfahrtskommando, meinst du wohl», wirft Stepan ein, reißt die Stirn vom Fensterglas weg und grinst ihn an, beide keckern los, diese Verbundenheit in Worten paßt mir nicht. «Tost rules!» Zweistimmige Bekräftigung, Pfoten klatschen ineinander, Finger hakeln, einmal, zweimal, dann kehren die beiden einander kurz die Handflächen zu, jahrelang geübtes Begrüßungsritual, mit dem Tommy und Stepan in der Oberstufe jeweils neu ihre Brüderschaft beschworen haben unter der aus ihren Namen zusammengestellten Firmenbezeichnung Tost. Das klang besser als Don Tommaso und Peppone, wie sie sich seit Grundschulzeiten hatten rufen lassen. Jetzt nur noch knapp und technisch Tost – und so träumten sie von Tost, dem Brainpool, Tost, der Werbeagentur, Tost, dem Architekturbüro, und zuletzt von Tost, dem Biolabor, in dem Stepan für den naturwissenschaftlichen Teil zuständig sein sollte, während Tommy die Geschäftsführung besorgt. Knabenträume, jedes Schuljahr etwas anderes, aber dann hat die eine Hälfte von Tost tatsächlich den Studienplatz für Biologie bekommen, und als die andere vom Bund entlassen wurde, begann sie ihre Bankausbildung, obwohl das dynamische Duo da längst entzweit war. Ein dynamitenes Duo, hatte Makro gespottet, und was hatten wir uns darüber amüsiert. Gemeinsam. Über die zwei da. Damals. Und jetzt? Jetzt stehe nur noch ich zwischen Tost, den einen, den lieb ich, den anderen haß ich. Und da sitzen sie nun wieder nebeneinander und klatschen sich ab und brüllen Parolen, die seit zweieinhalb Jahren glücklich vergessen waren. Überhaupt bin ich überall dazwischen, auch bei Makro und Tommy, deren Freundschaft allerdings wohl endgültig beendet ist.

«Steppi, such mal ne Kassette raus. Wenn ich gleich wieder in den Stau fahr, will ich wenigstens was aufn Ohren haben. Schläft Makro?» Mein Blick geht nach links, und die massige Gestalt liegt in sich vergraben in der Ecke, als müßte ein Maximum an Distanz zwischen uns geschaffen werden, das es doch längst gibt, verglichen mit dem, was bis vor einem halben Jahr war. «Schliefe er, hättest du das gehört.» Da grantelt Makro unter der Armbeuge ein «Ist ja sehr rücksichtsvoll, wie hier Insiderinformationen weitergetratscht werden» hervor. Dabei sind meine Informationen ganz oberflächlich, weil ich sein Inneres nie berührt habe.

Tommy kichert und wirft sich auf dem Fahrersitz derart heftig zu uns herum, daß er den noch zum Handschuhfach vorgebeugten Stepan anrumpelt. Die Kassettenhülle fliegt quer über die Handbremse und landet im Schoß des Fahrers. Der krümmt sich künstlich und verzerrt das Gesicht: «Argh, Kastration!» Stepan antwortet aufreizend demütig: «Oh, Entschuldigung, das war die Folge eines konvulsivischen Zuckens in der Vorphase sanften Entschlummerns angesichts des bräsigen Tempos.» Auch er dreht sich zu mir um, Erfolgskontrolle. Und schon geht es weiter in diesem Ton, und er feixt mich an dabei: «Du weißt, daß du wegen solcher Indiskretionen wie die über den Schlaf von Matthias vors Standgericht kommen kannst?» «Was ihr euch unter Standgericht so vorstellt, kann ich mir ziemlich genau denken.» «He, keine Kollektivhaft», protestiert Tommy, «Diskriminierung auch von Mehrheiten schickt sich nicht in ner Demokratie, wie unsere Fahrgemeinschaft sie darstellt. Wir müssen den Leutchen heut abend doch ein gutes Beispiel bieten, die üben sonst noch jahrelang weiter. Und dir, Peppone, sei gesagt, daß von uns dreien in dieser Sache nur ich die Lizenz zum Phantasieren habe.» Sein Kontrollblick fährt an mir, seiner Sache, hinauf und hinunter, jetzt nicht rot werden, doch er lächelt, ehe seine Augen auf vernichtend-triumphierend schalten und von mir weg zu Makro wandern. Doch von dem kommt gar nichts außer einem schlecht getürkten

Schnarchgeräusch: Mensch, seid ihr peinlich. Da brüllen die Lautsprecher wieder los, und dann dreht sich endlich, endlich der Schlüssel, und mit quietschenden Reifen hetzen wir zurück in den Verkehr. Haben sie das große gelbe U hinter uns jetzt abgeschaltet, oder ist inzwischen einfach der Regen zu dicht?

Ich schließe die Augen. Und als ich sie wieder aufmache, stehen wir erneut. Von vorne flucht es leise. Ein Blick auf die Uhr, bald zwei, ich muß an die drei Stunden geschlafen haben. «Biste wieder wach?» Er hat gesehen, daß ich ihn sehe, daß ich im Rückspiegel seine Augen suche. «Dann kann ich ja laut werden. Bis zu dieser Mistgrenze ist es mindestens noch ein Kilometer. Schön, daß ihr alle weggeratzt seid und mir die Drecksarbeit in diesem Pißwetter überlassen habt.» Ich schweige und schaue nur lange und dunkel. Tommy senkt den Blick und sagt nichts mehr, reicht mir dann die Karte nach hinten. «Wir stehen ja eh, sieh mal nach, wie wir später in die Stadt reinkommen.» Das könnte man zwar auch in aller Ruhe machen, wenn es hier wieder weitergeht, es gibt ja nur eine Richtung: ostwärts. Aber klar, meinem vorausplanenden Navigator geht es bereits um die Strecke ganz am Schluß, auch wenn das noch mindestens drei weitere Stunden hin ist. Also gut, schauen wir mal, wozu bin ich denn so häufig dagewesen? «Hinterm Übergang geht's dann noch lange geradeaus, also nicht direkt raus, sonst müssen wir uns vom Rand reinwuseln, und glaub mir, im Südwesten der Insel gibt es nichts, was dir gefällt. Also weiter, und dann merkst du das schon: Erst kommt ne Menge Wald, und dahinter müssen wir auf die Stadtautobahn, aber weghalten vom Flughafen. Dann noch eine Ausfahrt weiterfahren, und wir kommen direkt auf dem Damm raus, zwei, drei Minuten bis zur Wohnung.» «Kann man da parken?» «Klar, Onkel Joachim steht immer direkt vor seiner Haustür. Die haben da nicht viele Autos. Wo sollen sie auch hin? Auf diesen Autoput? Nur die Freaks tun sich das an. Und die Prolls, die sich keinen Flieger leisten können.» «Groß genug ist es aber.» «Glaubst du! Alle, die ich kennengelernt habe, haben mir vom Rappel erzählt, von Leuten, die am Sonntag die Bahn bis zur Endstation nehmen und an die Mauer laufen, um ins Land sehen zu können. Wenn Onkel Joachim uns besucht, kommt immer derselbe Satz: Ich kann wieder atmen.» «Ich meinte, groß genug für Autos.» «Damit du noch schneller merkst, daß deine Welt ein Gefängnis ist?»

«Nun geht sie ja auf, die Welt», meckert's von links neben mir. «Guten Morgen!» brüllt Tommy so laut, daß Stepan hochschreckt. Makro muß gerade von Öffnung reden. Sieht fast so aus, als schiebe er sich langsam durch Stoff und Plastik hindurch ins Dunkel des Kofferraums. Aber das würde ihm schlecht bekommen angesichts all der prall gepackten Sporttaschen, die Stepan mit unheimlichem logistischen Aufwand in die enge Höhlung eingepflanzt hat, eine Insemination der schlichteren Art, dabei hat er sich doch der Genetik verschrieben und nächtelang im Halb- und Vollrausch von der Abschaffung der klassischen Zeugung geschwärmt. Wie großspurig er daherkam auf den ersten Treffen, nachdem wir uns in alle Winde zerstreut hatten und es an den Wochenenden, wenn die Unis im ganzen Land die frisch Immatrikulierten, die Betriebe die Lehrlinge, die Kasernen die Eingezogenen und die Zivildienststellen die Verweigerer wieder ausspuckten, heimwärts ging, um übers Abitur hinaus Gemeinsamkeit zu simulieren, obwohl die Zwangsanstalt Gymnasium endlich hinter uns lag. Der Zufall, der uns erst in Klassen, später in Kursen zusammengeführt hatte, sollte krampfhaft auf Dauer gestellt werden, als ob es nichts anderes geben könne im Leben als Schulfreundschaft. Clique als Schicksal. Und nachdem sie dann doch zerfallen ist, Stück für Stück und Monat für Monat und sehr zu meinem Gefallen, sitzen wir jetzt hier, als hätte sich nichts geändert, und ich ärgere mich wie im Spätsommer vor zwei Jahren über die Arroganz von Stepan. Dagegen haben Tommy und Makro die Rollen getauscht, in jeder Beziehung. Die Empfindlichkeit des ersten ist wie eine ansteckende Krankheit auf den zweiten übergegangen, und plötzlich wirkt nun Tommy auf mich wie ein unerschütterliches Energiebündel. Aber wir wollen wohl immer Kraftbolzen in denen sehen, mit denen wir zusammen sind. Und Versager in denen, für die das nicht mehr gilt. Oder noch nicht. «Und niemand kann sie je wieder zuschließen», ätze ich also nach links zurück, um den Paßgang meiner Gedanken zu bremsen.

Sauer müßte ich auf den da vorne sein, der seine Ungeduld kaum mehr zügeln kann, den Motor aufheulen läßt, auch wenn sich der Wagen vor uns keinen Zentimeter bewegt hat. Aber nur ein scharfes Wort, und schon gilt man in seinen Augen als launisch, bösartig, schlimmstenfalls prämenstruell. «Nein, das kann niemand mehr.» Meine Güte, daß ich das noch mal erleben darf, Makro läßt sich auf ein Gespräch ein. Mit mir. «Die werden sich auch hüten. Sie mögen nie etwas von Kalkulation verstanden haben», Achtung, es droht eine Ausführung über volkswirtschaftliche Gesamtrechnung vom Experten mit Wahlfach Marketing, «aber sie wissen, daß sie niemanden mehr hinter den Beton zurückbekommen. Und Hilfe vom großen Bruder ist auch nicht zu erwarten, weil der noch ganz andere Probleme zu lösen hat. Den Familienzwist haben sie beim Geburtstag vor drei Monaten ja nun ausgetragen, und so muß nun eben der eineiige Zwilling den Karren aus dem Dreck ziehen.»

«Danke, Herr Doktor.» Stepan wendet sich zu uns um. Und er starrt nicht denjenigen an, der gerade die längste zusammenhängende Rede gehalten hat, an die ich mich erinnern kann, seit wir auseinander sind, sondern mich. Ich aber schaue angestrengt raus, um nur ja keine Gedanken aufkommen zu lassen, denn zumindest äußerlich sind Makro und ich plötzlich auch Zwillinge, wenn auch eindeutig zweieiige. Stepan fährt nun in seine Richtung fort: «Dein Referat weist nur einen logischen Fehler auf. Wir reden hier nicht von Bruderliebe oder Bruderzwist, sondern von Schizophrenie. Wenn jetzt diese Bewußtseinsspaltung geheilt wird, kommt dabei eine Persönlichkeit heraus, die sich wieder einem einzigen Ich widmen kann, und das ist eines, an das die Umgebung keine gute Erinnerung hat. Es sind alle ganz froh gewesen über die gestörte Persönlichkeit, und deshalb wurde der Wahnsinn eher noch gefördert. Ich glaube auch nicht, daß irgendwer Illusionen hat hinsichtlich einer abermaligen Schließung der Grenzen. Aber laß die Staatengemeinschaft noch ein Weilchen staunen, dann werden die schon sehen, ob man nicht doch zumindest ein bißchen von der bisherigen Schizophrenie bewahren kann, vielleicht mit etwas mehr

Freigang oder unter niedrigerer Dosierung von Medikamenten. Doch bitte bloß nicht geheilt, sondern weiter geteilt. Wer weiß schon, ob sonst nicht sofort wieder die Randale losginge.»

«Klar, du Genie, und zwar einer gegen alle.» Das konnte Tommy ja nicht auf sich sitzen lassen, diesen Defätismus vom Nachbarsitz, ausgerechnet von dem Kerl, dem er vor Jahren, noch zu Schulzeiten, die Freundschaft einmal kurz aufgekündigt hatte, weil Stepan beim gemeinsamen Fernsehfinalsonntag Argentinien angefeuert hatte. Und jetzt, beim Spontanentschluß zum großen Treck nach Osten, ist es doch auch Stepan gewesen, der schon beim Losfahren geunkt hat, daß er sofort umdrehen werde, wenn ihm heute nacht zu viele gelöcherte Fahnen auf den Straßen begegnen sollten. Nun laß uns erst mal sehen, ob wir überhaupt in diese Straßen kommen, habe ich gedacht, denn mir wäre immer noch am liebsten, wir blieben einfach im altvertrauten Teil. Unterm Fernsehturm wird die Hölle los sein, hat Tommy gestern bereits jedem am Telefon vorgeschwärmt, erst Stepan, dann Makro und Karl, und wir mittendrin. Na danke sehr. Und ganz am Anfang der Tour, als er noch gute Laune hatte, weil bis Wuppertal alles flüssig gerollt ist, wurde von ihm immer wieder dieses Bild ausgemalt: wir mittendrin. Wie bei der Novemberrevolution, hat Stepan da irgendwann eingeworfen, aber das war beim guten Tommy gar nicht angekommen. In den Geschichts-LK hatte ihn nicht einmal die Treue zum Freundeskreis reinbringen können, der sich fast vollzählig darin versammelt hatte, um wenigstens eine gute Note sicher zu haben. Wehrdienst und jetzige Sparkassenlehre sind gewiß auch nicht dazu angetan, ihn für die

Wälzerwelt zu begeistern, in der sich Stepan bewegt. Über Argentinien hatte Tommy seinerzeit nur gewußt, daß dort die Militärdiktatur doch gerade erst vorbei war, und das, so muß er gleich zweimal an jenem Sommersonntag geschrien haben, wie Makro mir unter Lachtränen berichtet hatte, zeige ja nur, daß Stepans historische Maßstäbe ein Witz seien, ob Zeit für den Geschichtler denn gar keine Rolle spiele, jeder halbwegs Vernünftige müsse doch dem Staat die Daumen drücken, der schon vierzig Jahre lang despotenfrei sei. Und dann war er aus dem Raum gerauscht, hatte im alten Kinderzimmer von Makro den kleinen Apparat eingeschaltet und das Spiel allein erduldet. Da hat er in Ruhe heulen können, spottete Makro damals, und seitdem galt Tommy mir als unerträglich sentimentaler Typ. Auch das hat sich im letzten halben Jahr umgekehrt, und wahrscheinlich fing das zwischen ihm und mir schon vorher an, als Makro plötzlich klammerte. Da schien der auf einmal unerträglich sentimental zu sein.

Mir war es lieb, daß Tost sich schließlich aufgespalten hat und es auch blieb. Denn die zweite Hälfte des Duos mag ich wirklich nicht. Und jetzt versuche ich aus den Falten von Tommys sonst babyglattem Gesicht abzulesen, wie tief bei ihm der Stachel des Zerwürfnisses mit Stepan übers Nationale noch sitzt. Tommy ist niedlich, wenn er sich aufregt, weil ihm dann alles Blut in die Birne rauscht, und rund um Mund, Augen und – das glaubt keine, die es nicht sieht – Ohren konzentrische Kreise entstehen, die sich je nach Ausmaß des Ärgers drei- oder vierfach ausbilden. Dieses Wunder habe ich leider erst durch eine Bemerkung von unserer Naturnervensäge schätzen gelernt, als Stepan auf einer der letzten großen Feten des Abschlußjahres im kleinen spätnächtlichen Matratzenkreis in schönster Ruhe der äußerst angeschickerten Runde erläuterte, daß Blutzufuhr in einem männlichen Körper, der nicht auf den Namen Tommy höre, gemeinhin nicht zur Faltung, sondern zur Straffung von Hautpartien führe, und auch wenn ich ihm nie verziehen habe, daß er ausgerechnet mich dabei anschaute, hatte diese kleine Gehässigkeit meinen Blick für Tommy geschärft, und so war es wohl tatsächlich dem blöden Biochemiker zu verdanken, daß das lange Lösungsverfahren von Makro eingeleitet wurde. Aber mehr als drei Ringe zähle ich heute nicht auf dem nach rechts gewandten Profil.

«Es geht übrigens weiter.» Das konnte ich mir jetzt nicht verkneifen, und Tommy latscht sofort aufs Gaspedal, schneller, als er den Kopf wieder nach vorne drehen kann, und schon steht er wieder auf der Bremse, so daß der Kadett einen kurzen Bocksprung macht und schätzungsweise einen Millimeter vor der Stoßstange des Autos vor uns zum Stehen kommt. «Verdammt noch mal!» Aber mehr als eine Wagenlänge ist da eben nicht gewesen. Seine Finger krampfen sich ums Lenkrad, wir sitzen alle kerzengerade, vorne aus dem Heckfenster grinst ein Kind. Stepan faßt sich als erster: «Tempobeschränkung hat doch auch was Schönes.» «Willste lieber selbst fahren? Hab nix dagegen, diese Scheißwarterei zu verpennen.» «So wie gerade?» Schwer verletztes Ego hinterm Steuer: «Glaubste, ich hab die Lage nicht im Blick?» Wenn du irgendwas im Blick haben solltest, Schatz, dann bin ich das, und ich sitze hinten. «Und du», da schaut er mich wirklich über den Rückspiegel an, «laß solche Scherze lieber. Wenn ich dem draufgefahren wär, hätten wir Silvester vergessen können.» «Nun mach mal keinen Wirbel, sie hatte doch recht, oder wolltest du warten, bis wir freie Bahn zur Grenzstation gehabt hätten? Dort hätte sich ein Unfall ja auch erst richtig gelohnt, nicht wahr? Mit anschließender Festnahme und Stasiknast für uns alle. Zu wahren Helden der Wende hätten wir werden können, als letzte Bundesbürger freigekauft aus den Kerkern des Sozialismus, weil wir das Recht auf freie Fahrt für freie Bürger mutig in den Unterdrückerstaat getragen haben.»

«Schwätzer», giftet Makro unter seinen verschränkten Armen hervor, und ich bin dankbar, weil er meinen schwitzenden und nunmehr krampfhaft konzentriert auf die Straße vor sich starrenden Tommy gegen diesen, ja: Schwätzer verteidigt. Womöglich dreht der empfindsame Biologe ja tatsächlich um, wenn heute nacht die amputierten Tücher flattern. Dafür allerdings müßten wir auch wirklich rüber, unter den Turm, wo Tommy unbedingt hin will, um dort das neue Jahrzehnt zu begrüßen, wo gerade erst ein ganzes Jahrhundert beerdigt wurde, wie es gestern im Radio hieß. Da war er eine Minute ganz still sitzen geblieben, hatte mich umarmt und gesagt: Komm mit, ich muß da hin, das verzeih ich mir sonst nie. Ich bin letzte Woche schon dageblieben, als sie das Tor aufgemacht haben, aber das ist die letzte Chance, in zwei deutschen Staaten zu feiern, mit zwei deutschen Völkern, denn jetzt wird alles ganz schnell gehen, nächstes Jahr ist alles wieder stinknormal. Und weil er so aufgewühlt war, wie ich ihn nie erlebt hatte, habe ich ja gesagt – ohne sicherzustellen, daß neben den zwei deutschen Völkern nur wir zwei zusammen feiern. Und schon war er am Telefon, um Stepan anzurufen, und danach, ich glaubte es nicht, klingelte er bei Makro an. Hätten die Kerle auch nur einen Funken Ehre im Leib, dann würden sie sich den jämmerlichen Triumph nicht gönnen oder nicht die Demütigung. Aber er war sich nicht zu fein zu fragen und Makro nicht stolz genug, um abzulehnen. Daß ich danach eine halbe Stunde kein Wort gesagt habe, hat Tommy nicht einmal gemerkt. Aber als ich mich dann doch beschwerte, lud er nicht etwa die anderen wieder aus, sondern verlängerte die Liste der Mitreisenden um Karl. Und damit um Simone. Die magst du doch, hieß es, als der Hörer zum dritten Mal aufgelegt wurde. Falls «die» als Mehrzahl gemeint gewesen sein sollte, könnte ich meinem Liebsten etwas über Karl erzählen. Verkniff ich mir aber.

Und so ist jetzt irgendwo weit vor uns ein zweiter Wagen unterwegs, denn Karl mußte ja keinen Makro mitnehmen, der neuerdings vor dem späten Vormittag nicht mehr aus dem Bad kommt, als wäre er darauf angewiesen, sich seine Schmuseeinheiten vor dem Spiegel zu holen. Wundersame Wandlung eines Verlassenen, der früher gar nicht schnell genug in den Tag starten konnte. Vielleicht diesmal auch nur subtile Revanche gegenüber Tommy, dessen Ungeduld er kennt, der gemartert im Flur herumstand und sich in Smalltalk mit Frau Kronberger üben mußte, solange das Söhnchen sich der Körperhygiene widmete. Während Stepan, den ich im Auto hatte sitzen lassen, um mich eingehend der Pracht eines winterlich bereiften Vorgartens zu widmen, weil ich keine Lust hatte, Mutter Kronberger unter die traurigen Augen zu treten, zum zweiten Mal den Kofferraum umarrangierte, damit

Platz für Makros Gepäck geschaffen würde, dessen zu erwartende Ausmaße wir beide kannten. Und die zweite Isomatte mußte ja auch noch irgendwohin. Glaubt nur nicht, Jungs, daß einer von euch das dritte Bett im Gästezimmer belegen darf.

«Endlich!» Der Wagen wird diesmal sanft beschleunigt, und wir rollen wirklich. Tommy beginnt zu pfeifen, ganz leise, wie immer leicht daneben, ich komme nicht rein in die Melodie, doch als er plötzlich abbricht, setzt wie aus dem Nichts Stepan mit einem Summen ein, wird wieder von Tommy abgelöst, sie sind immer noch fabelhaft aufeinander eingespielt, Fingergetrommel auf Lenkrad und Ablagefläche, und sie singen. «Sweetheart to miss» von links im künstlichen Falsett, «Sweetheart to miss» von rechts der Baß, «Sugar to kiss», «Sugar to kiss», dann zusammen, «I need you, you, you», und da fällt auch noch Makro ein: «In the morning!» Und so weiter. Ja, er hat sie wieder zusammengeflickt, die Bande, mit einer so irren Idee, daß jeder sich seine Gründe zurechtlegen konnte, warum er dabei mitmacht. Nur ich habe keine, außer meiner Treue zu Tommy. Das ist die erste Probe, der sie ausgesetzt sein wird, eine echte Prüfung.

3.

Er schließt mich in die Arme.

Das rechne ich ihm hoch an, daß vor dem «schön, daß ihr da seid» erst einmal keine spitze Bemerkung gekommen ist. Aber die obligatorischen Begrüßungsküßchen hoben wir uns auf, bis die drei im Flur verschwunden waren. Das ist mein teurer treuer Onkel, der über ein Verständnis verfügt, das ich mir von allen, die mir dem Gesetz nach familiär und dem Gefühl nach amourös näherstehen als er, wünschen würde. Er habe kaum noch mit uns gerechnet, hatte er gesagt, als wir mit den Taschen auf dem rauhen roten Sisal vor seiner Tür standen. Zweiter Stock, aber dieses Haus ist riesig. Als Tommy die grüne Schleuder mit einem letzten Holpern in die Lücke gequetscht hatte und von rechts vorne dazu kein Kommentar gekommen war, um den mühsamen Burgfrieden, der seit dem Dreieck Drewitz herrschte, fortdauern zu lassen, hatte Makro, ausgerechnet Makro, nach dem Aussteigen den Kopf in den Nacken gelegt und an der nur hier und da durch erleuchtete Fenster konturierten Front hinaufgeblickt: «Irre groß, der Kasten.» Ja, ein Block aus braungrauem Sandstein, Rustico nennt Onkel Joachim das Fassadenmuster, hinterm schmalen Vorgarten fünf Etagen, und die Teilung in zwei Flügel nur dadurch erkennbar, daß zwei im Verhältnis zur Masse schüchterne Eingangstüren in knappem

Abstand voneinander aus der Mitte des Trumms herausblinzeln. Durch die linke geht es ins Treppenhaus zur Kanzlei; daß der Notar hier auch wohnt, ist der Klingelleiste nicht zu entnehmen.

Kein Knacken in der Gegensprechanlage, wohl immer noch kaputt, die Tür öffnete sich einfach, und ich schob mich an Tommy vorbei, der mit seiner, meiner Tasche, einem lächerlich langen Regenschirm in Streifenmuster und zwei Jacken über dem Arm aussah wie der Lieferant eines Kostümverleihs, Summen des Türöffners, da war Makro schon drin und hielt ihm auf, doch ich war es, die als erste die Schwelle überschritt. Leichtfüßige Prinzessin, bitte, Euer Ritter ebnet Euch den Weg, und wenn er auch noch seine Jacke im Eingang ausgebreitet hätte, wäre ich nicht besonders überrascht gewesen. Aufzug ist immer noch keiner, wunderte ich mich laut, aber reinweg geheuchelt, denn ich war ja erst vor vier Monaten dagewesen und wußte, daß die Hausverwaltung ihre Absichtserklärung, die bestand, seit Onkel Joachim eingezogen war, nicht einzulösen gedachte – sehr zum Beifall ihres jüngsten Mieters, der ständig in der Sorge lebte, daß der nach westdeutschem Maßstab unfaßbar günstige Preis für die Wohnung steigen könnte. Dann würden die zweihundertachtzig Quadratmeter ihren einsamen Bewohner ruinieren, denn die Klientel des Advokaten besteht aus einem bunten Gemisch von Künstlern, alten Damen und Kollegen, die das ästhetische Gespür, die antiquierte Höflichkeit und die akribische Sorgfalt meines Onkels schätzen, leider aber sämtlich wenig flüssig sind. Die großen Kunden fehlen, diese Klage ist so alt wie die Kanzlei, und erst seit vor zwei Jahren das Notariat dazugekommen ist, kann er sich sicher sein, jeden Monat seine Miete zu verdienen, aber auch nicht viel mehr. Sagt er.

«Der erste Trupp ist schon vor drei Stunden angekommen.» Wie sollte es anders sein? Karl ist Frühaufsteher, und Simone verfügt über die seltene weibliche Intuition, sich ihrem Jeweiligen entsprechend anzupassen, um im Gegenzug bei Kleinigkeiten alle Zugeständnisse einzufordern, und ihr Leben besteht aus kostspieligen und toleranzbedürftigen Kleinigkeiten. Aber Trupp? «Na, Simone, Sixtus und Karl.» Ja, drei, das darf man wohl einen Trupp nennen. Ich verbeiße mir eine Bemerkung, bin aber sicher hochrot angelaufen, denn wir sind ja auch schon einer mehr, als ich gestern angekündigt hatte. Mir war sie ohnehin anmaßend erschienen, meine telefonische Botschaft, ich wolle gern mit ein paar Freunden sein großzügiges Naturell und die großzügige Wohnung für zwei Tage in Anspruch nehmen, weil es uns junge Leute dahin treibe, wo Geschichte gemacht wird. Mit fünf Gästen hat der Onkel nach meinem Anruf also gerechnet, aber unter ihnen gewiß nicht mit Makro, der von seiner Nichte ja erst kürzlich abserviert worden ist, wie er weiß, denn von diesem Liebeswandel hatte ich ihm vor drei Monaten erzählt. Und daß Sixtus hier ist, höre ich selbst gerade auch zum erstenmal. «Sie sind schon hinten untergebracht.» Eine Warnung, das kann ich seiner Miene ablesen, wäre nett gewesen, aber das Privileg unserer Generation ist die Unberechenbarkeit. Zumindest nehmen wir sie uns heraus.

Achtzehn Jahre lassen erstmals zu, von etwas zu erzählen – das hatte Onkel Joachim am Tag meiner Volljährigkeit an seine Schwester, meine Mutter, geschrieben, und ich hatte es als Wink mit dem Zaunpfahl verstanden, daß er gerne beim nächsten Weihnachtsfest ein paar Details über mich erfahren wollte. Damals schmeichelte mir das, fand ich mich doch vom elegantesten Mann der Sippschaft bewundert, aber diese Hoffnung zerschlug sich mit meinem ersten alleinigen Besuch hier in der riesigen Wohnung, den ich sofort geplant und noch am Abend meines Geburtstags als Zusatzgabe eingefordert hatte. Dreimal solo angereist seitdem, hatte ich jedesmal mehr Bestätigung dafür gefunden, daß der Onkel zwar keineswegs monogam lebt, aber nicht an meinesgleichen interessiert ist. Erzählt hatte er diesbezüglich nichts, verschwiegener Mann eben. Gerade deshalb ist er jetzt zum einzigen avanciert, der die näheren Umstände des vergangenen Juni kennt, vom Nachmittag im Kellerschwimmbad bei Tommys Kumpel Mirko berichtet bekam, als die Jungs sich einen Spaß daraus machten, mich vom Beckenrand zu werfen, und mich nicht Makro auffing, sondern Tommy. Der mich wie ein Herkules ins Tiefe trug und mir dann, als er mich umdrehte und sanft von sich stieß, noch einen Klaps gab und als Antwort auf meinen bösen Blick zurück mehr flüsterte als sagte, zum Stapellauf einer solchen Königin der Meere müsse man eigentlich eine Flasche edelsten Champagners an ihrem Bug zerschellen lassen. Und da war ich zerschellt. Onkel Joachim weiß das, denn ich hatte mich entschieden, ihm von meinem jungen Glück zu erzählen. Sonst wäre es ja alt geworden und vielleicht auch gar kein Glück mehr gewesen. Aber das war auch das einzige Mal, daß ich, wenn er mich etwas fragt, nicht burschikos antwortete, er könne von einem Menschen Anfang zwanzig doch nicht erwarten, etwas erzählt zu bekommen. Erst müßten die Ereignisse selbst volljährig werden. Dann lächelt er und nennt mich eine Spionin, die in anderer Leute Korrespondenz schnüffele. Dabei lesen wir uns in der Familie immer gegenseitig vor, was man uns schreibt. Na ja, zumindest Mama tut das, ich würde mich hüten, wenn es um bestimmte Absender ginge, aber die verschikken ohnehin keine Briefe. Wir sind eine unbeschreibliche Generation.

Deshalb mußte der Onkel damit rechnen, daß plötzlich nicht nur fünf von uns in seine Wohnung einfallen, und ich brauche gar kein schlechtes Gewissen zu haben. Sixtus wird ihm sowieso gefallen, denn Karl hat einen besseren Geschmack, was seine Freunde angeht, als Tommy, und mit Maschinenbauern hat unser Gastgeber ja schwägerliche Erfahrung – nur die besten, wie Papa und er unisono zu verkünden pflegen. «Was heißt hinten?» «Ich zeige es euch, aber nun muß natürlich völlig neu überlegt werden, was die Aufteilung der Zimmer betrifft. Geht schon mal da vorne rechts in den Gang und dann gerade durch, zweite Tür auf der linken Seite, eure drei Kundschafter sind draußen unterwegs, Pizza holen. Sie hatten es satt, noch länger zu warten.» Meine drei Begleiter gingen vor, und jetzt konnte ich mir meinen Begrüßungskuß abholen und ihm seinen geben. «Schön, daß ihr da seid.» Das ist sie, seine Großzügigkeit. Dadurch, daß er «ihr» sagte, hat er auch der Nachhut sein Plazet gegeben, und jetzt dürfen sich sieben Gäste auf den formvollendetsten aller Gastgeber freuen.

«Matthias?» fragt er ganz leise, noch stehen wir bei der Wohnungstür, und die erstaunten Bemerkungen des Trios im Gang lassen einen winzigen Informationsaustausch zu. «Nicht anders, als du es kennst. Wir sind Freunde.» «Ich wäre nicht mehr dein Freund.» «Ist er ja auch nicht, wir sind Freunde, also befreundet, nicht verliebt. He, keine Sorge! Als ich dir vom Ende zwischen Matthias und mir erzählte, hast du doch selbst gesagt, das hätte ja so kommen müssen, weil ich nicht polygam veranlagt sei.» Der Schnurrbart verschiebt sich um eine Winzigkeit nach oben: «Da könnte man bisweilen auf andere Gedanken kommen.» «Stepan ist im Bunde von Tommy und Matthias der dritte.» Das ist geschwindelt, paßt aber zum Balladenspiel, das wir seit Jahren betreiben, seit mir aus dem Deutschunterricht Fontanes zehn Minuten bis Buffalo eingefallen waren, die Onkel Joachim mit einer ganzen Rezitation unter dem Weihnachtsbaum beantwortet hatte, während wir darauf warteten, daß endlich die Gans aus dem Ofen kam.

Er steigt ein: «Und da hast du ihm die Bitte gewährt.» «Willst du mich zur Tyrannin machen?» «Dann wärt ihr ja ein Viererbund.» «Sind wir aber nicht. Tommy und ich, und dann eben noch zwei Freunde.» Lieber kein Wort über Makros Schmollen auf der Fahrt und die dünne Scholle über dem Abgrund zwischen Stepan und Tommy. Er soll ja nicht das Gefühl bekommen, ich brächte ihm den Kalten Krieg wieder ins Haus, den seine Stadt für gerade beendet hält. «Na, um so besser. Komm, sonst denken die noch, sie hätten einen Rivalen.» Kleiner Stups in die Seite, meine Grimasse dazu könnte den Totenkopf auf dem apokalyptischen Ölschinken gleich vorn am Durchgang zum Flur geradezu freundlich aussehen lassen. Aber er schaut gar nicht her, «Genug gefrotzelt, Mademoiselle, suivez-moi», und ich folge brav, als er mir vorausgeht und erst einmal das Licht im langen Flur anknipst, weil er stolz ist auf all die Drucke und Zeichnungen, die dort hängen, und es gern sieht, wenn seine Besucher sie näher betrachten. Doch das dürfte vergebliche Liebesmüh sein, denn den Stimmen von hinten kann man entnehmen, daß es das schiere Ausmaß des Überflusses ist, das meine kleinstädtischen Begleiter beeindruckt.

Man kann die Jungs verstehen, denn der schmale Flur scheint nur aus Türen zu bestehen, die den Blick in eine Abfolge von Wunderkammern freigeben, mit all den Schätzen gefüllt, die Onkel Joachim für seine Dienste als Advokat eingetauscht hat. Mögen seine Mandanten auch alle Hungerleider sein, so sind sie doch gleichfalls Ästheten, denn sonst wären sie über das Vorzimmer, wo Frau Bernward vier Vormittage in der Woche waltet, niemals hinausgekommen – jene Frau, deren Stimme mir am Telefon die finanzielle Situation der Kanzlei und damit auch die eigenen Lohnrückstände deutlicher verrät als die notorischen Klagen des Onkels über die laxe Zahlungsmoral seiner Schutzbefohlenen. Mehr als ihre Stimme habe ich nicht kennengelernt, denn es ist mir nie gelungen, meine Visiten auf einen Tag zu legen, an dem sie dagewesen wäre, obwohl ich mich zumindest zweimal sogar speziell darum bemüht hatte, aber die Erkrankung von Frau Bernwards Mutter war das eine und die Renovierung ihres Büroraums das andere Mal dazwischengekommen. Da es Onkel Joachim selbst war, den ich damals auf der schwankenden, zum Schutz vor Farbspritzern mit alten Bettlaken verhängten Holzleiter vorgefunden hatte, vermute ich immer noch, daß beide Male eigens ein Vorwand geschaffen worden ist, um mir die Bekanntschaft mit der langjährigen Mitarbeiterin unmöglich zu machen. Letzten September mußte ich mich wirklich zusammenreißen, um nicht heimlich den Arzneischrank nach Giften und den Vitrinenschrank im Eßzimmer, in dem mein Onkel seine pittoreske Kollektion an Stammeskunst aufbewahrt, nach Voodoopuppen oder ähnlichem gesundheitsschädlichem Hokuspokus zu durchsuchen, der mir die plötzlichen Herzrhythmusstörungen der Sekretärinnenmutter vom Vorjahr hätte erklären können. Zu gerne wollte ich einmal das Gesicht zu dieser Stimme kennenlernen, die sich nach der umständlichen Nennung aller Dienste, die der Anwalt und Notar Dr. Zeuber anbot und deren Umfang den Gebührenzähler jubilieren ließ, ehe man selbst auch nur ein Wort hätte verlieren können, so erfreut hob, wenn ich mich dann zu erkennen gab. Ein Anruf von mir bedeutete, daß sie sich keine Klage über den schleppenden Verlauf eines Verfahrens würde anhören müssen, daß kein neuer Vorgang zu eröffnen wäre, für den sie eigens einen Aktenordner hätte beschriften müssen, in den nach Abschluß des Falls die Naturalleistung eines weiteren Mandanten Eintrag fände, der schließlich ein Stück oder auch mehrere Artefakte an Honorars Statt in die unendlich aufnahmefähige Wohnung bringen würde. Und da der gute Joachim, wie meine Mutter ihn zu nennen pflegt, zwar ein untrügliches Auge für Qualität, aber Geschick zum Verkauf genausowenig besitzt wie die Bereitschaft dazu, ist in seinen Privaträumen jenes unübersichtliche Kunstgewerbemuseum entstanden, das während unserer leisen Verständigung über den Stand meines amourösen Engagements die Staunens- (Stepan und Makro) und Schrekkensrufe (Tommy) ausgelöst hatte.

Von der Eingangshalle, dem sogenannten Vestibül, das im Reihenhaus meiner Eltern bereits mehr als das halbe Erdgeschoß ausgemacht hätte, öffnen sich zwei Türen in Frau Bernwards Büroraum und direkt daneben in das Anwalts- und Notariatskabinett, das eher ein Saal ist. Mit dem Vorzimmer ist es durch eine hohe Doppelflügeltür verbunden, die ich aber noch nie anders als geschlossen gesehen habe. Zum Vestibül hin stehen beide Räume dagegen stets zugleich einladend und ablenkend offen. Ein Besucher kann zwar angesichts der Eingangshalle das Ausmaß der Wohnung vermuten, würde sich aber erst bestätigt finden, wenn er in den schmalen Flur blickte, der sich in der rechten Ecke als scheinbar dunkler Schlauch anschließt. Scheinbar, weil die Türen darin alle weit aufgerissen sind und dadurch das Licht, das aus den Räumen fällt, wie ein System von Mühlwerken aufreiben. Bis zur Schlafzimmertür am Ende, zwanzig Meter und mehr werden es dorthin sein, gibt es zudem noch unterschiedlichste Beleuchtungskörper, die abends ihre Lichtkarzinome in den endlosen Gang streuen. Und auf der schmalen Empirekommode in der Mitte steht ein vielarmiger Silberleuchter, dessen Kerzen immer frisch entzündet sind und es am nächsten Abend, wenn man aus der Stadt heimkehrt, wieder sein werden. Einer seiner Mandanten muß eine Paraffinfabrik geerbt haben und in Schwierigkeiten stecken, hatte meine Mutter bemerkt, als ich sie vor acht Jahren hierher begleitet hatte. Zu meinem Debüt in Berlin.

«Warte mal, hier, das ist von Maman.» Strahlend nimmt er die in Aluminiumfolie gewickelte Torte entgegen: «Danke, sie ist viel zu gutherzig.» Kannst du wohl sagen, denn nach unserem Spontanentschluß von gestern hat sie noch den ganzen Abend über dem Teig und am Ofen verbracht, und das nach all dem Weihnachtsstreß, da hat sie ja schon einmal für das Brüderchen gebacken. «Sie läßt dich grüßen. Papa auch.» Aber er hört gar nicht hin, wiegt das Paket in den Händen, prüft die Form und gibt sein Urteil ab: «Ohmsche Torte, also stundenlanges Rühren. Sag ihr, ich sei meinerseits gerührt. Die gab es lange nicht mehr.» «Sie meint, du bräuchtest Kraft angesichts einer Rotte Feierwütiger. Aber keine Sorge, wir sind schon bald weg hier, raus in die Stadt, accès au centre-ville.» «Bonne idée, ma chère. Du weißt ja, ich hab heute auch noch was vor.» Wird schon was sein. Er schnuppert an der Folie, dann macht er kehrt und verschwindet im Flur.

Ins Wohnzimmer, «die Rotunde», geht es gleich da durch die erste Tür links. Rotunde wird der Raum genannt, weil er über einen halbkreisförmigen Erker verfügt, in und vor dem eine Sitzgarnitur steht, deren Verschlissenheit Seidentücher und Kelims kaschieren. Die Sessel sind tiefrot bezogen und schwer wie Stahlblöcke, ein bastbespannter Schaukelstuhl ergänzt sie und das breite beige Sofa zu einer Sitzlandschaft, die im Gegensatz zum ganzen Rest der Einrichtung den Charme des völlig Zufälligen hat. Links und rechts neben der rundum verglasten Ausbuchtung, die auf eine Nebenstraße des Hohenzollerndamms hinausgeht, stehen zwei Bücherregale, die mir immer viel Achtung abgerungen haben, weil es auch mit der zugehörigen Klappleiter unmöglich scheint, die oberen Fächer zu erreichen. Zwei einander gegenüberliegende verglaste Schiebetüren führen links ins Anwaltskabinett und rechts zum Eßzimmer. Erst bei meinem zweiten Solobesuch hatte ich sie überhaupt einmal geschlossen gesehen, weil da tatsächlich ein Mandant zu einem Termin erschienen war, gerade als ich verfrüht mit dem Bus zurückgekommen war, weil der Klamottenladen, den der in Geschmacksfragen Unfehlbare mir empfohlen hatte, wegen Inventur früher schloß. Seinen fassungslosen Blick bei meinem Eintritt – seit damals bemühte er sich in heroischem Einzelkampf bei der Hausverwaltung um die Reparatur der Gegensprechanlage, aber auf der Insel hat man keine Angst vor Neppern, Schleppern, Bauernfängern, denn wo sollten sie auch hin? – werde ich schwerlich vergessen, und seitdem pflege ich, wenn ich früh dran bin, eine Telefonzelle aufzusuchen, um ihn vorzuwarnen, oder gleich die verbleibende Zeit totzuschlagen, was mich auf schöne Spaziergänge durch die Nebenstraßen des Rosenecks geführt hat.

Seinerzeit hatte er tatsächlich die Türen zur Rotunde zugezogen, und zwar beiderseits. So saß ich mit einer Tasse Kaffee und kleinem Gebäck im Eßzimmer an der abgewandten Seite des gewaltigen Tischs, und durch zwei Schiebetüren hindurch war kaum zu befürchten, daß ich etwas von den Gesprächen im Kabinett mitbekommen würde, doch den Blick des Herrn, der eine Viertelstunde später eintraf, habe ich nicht mehr vergessen – und den Mann erst recht nicht. Er war verwachsen und hatte wohl kaum selbst seinen Hut auf dem Kleiderständer in der Eingangshalle ablegen können, wo ich ihn sah, als ich einmal durch den Flur zur Küche ging. Mögen zwei verglaste Schiebetüren auch schalldicht sein, so kann man doch alles sehen, und das wurde mir sichtlich verübelt, was aber eine Neunzehnjährige eher noch anstachelt. Als der Mandant sich nach einer halben Stunde verabschiedete, hatten sie schwerlich viel miteinander reden können, denn immer wenn ich wieder einmal von der Kaffeetasse auf- und über die Schulter zurückblickte, drehten sie rasch die Köpfe von mir weg. Ich hätte vielleicht beim Abendessen nicht über den altertümlichen Bowler des Besuchers spotten sollen, denn am nächsten Tag war der Garderobenständer aus der Blickachse des Flurs gerückt worden. Immerhin blieb das in Packpapier eingeschlagene Bild, das er mitgebracht und an der Wand abgestellt hatte, unberührt dort stehen, und bis heute habe ich den Inhalt dieser Naturalleistung nicht identifiziert, auch wenn ich eigens in der Nacht aufgestanden war und sie vermessen hatte. Aber bei keinem meiner späteren Besuche hing etwas vergleichbar großes Neues an der Wand.

Und dort hängt viel. In der Rotunde allerdings nur ein blaues quadratisches Großformat über dem französischen Bett, das gleich rechts neben der Tür zum Flur steht. Das ist das letzte Relikt aus des Onkels Referendarsbude, an die ich nur schemenhafte Erinnerungen habe, aber als Sechs- oder Siebenjährige durfte ich einmal darin schlafen. Das Bild zeigt einen jungen Mann neben einer ausladenden Staude, Hand am Kinn wie Rodins Denker, aber lässig zurückgelehnt, in den Augen unter der hohen Stirn das dunkelste Blau. Er sieht aus wie Onkel Joachim, aber der hat die Identität immer vehement bestritten. Koketterie. Dann in der Ecke der zweite Einbruch des Profanen nach der Polstergarnitur: zwei Ikea-Regale, in denen eine antiquierte Stereoanlage ihren Platz gefunden hat, samt den dazugehörigen Platten und einer noch vergleichsweise kleinen, aber rasch anwachsenden Zahl von CDs, alles

Klassik, nein, auch ein paar Chansonniers. Und das ist es, mehr befindet sich nicht auf schätzungsweise siebzig Quadratmetern.

Das Eßzimmer allein hat noch einmal an die vierzig. Dort steht der Vitrinenschrank und hängt die kleine Sammlung Rollbilder mit Kalligraphien. Und ein Obi, der von der vier Meter hohen Decke bis zum Boden reicht, obwohl er oben bereits umgeschlagen ist. Ein zweiter, aus Seidenstoff gewebt, liegt auf dem Flügel, der neben dem Tisch auch noch bequem Platz gefunden hat. Direkt gegenüber der Schiebetür steht an der anderen Seitenwand ein steil geschwungener Barockschrank mit Wurzelholzfurnier und vereinzelten Intarsien, der angeblich für einen Bekannten aufbewahrt wird, aber das schon, seit ich hier zum ersten Mal gewesen bin. Vor der Fensterwand weht ein Gaze-Meer, ein Traum in Tüll, der ein Gefühl von immerwährendem Durchzug erzeugt, weil die kleinste Bewegung den Vorhang in Schwingung versetzt. Und neben zwei Wandlüstern, von denen der Goldlack abplatzt, hat auch noch eine kleine flämische Landschaft Platz.

Doch die meisten Bilder hängen im Flur. Dadurch bekommt der Schlauch den Charakter einer Schatzhöhle, jeder Quadratzentimeter ist mit Graphik und kleinen Gemälden versehen, die von Zeit zu Zeit auch noch wechseln, denn hinter der dritten Tür rechts, gleich nach dem Dienstmädchenklo, kommt mein Lieblingszimmer, in dem rund um einen alten Flipper unzählige Rahmen an die Wand und die Regale gelehnt sind. Aus diesen Stapeln bedient sich Onkel Joachim, wenn er sich an einer bereits hängenden Radierfolge oder einer Rötelskizze satt gesehen hat. Links im Flur steht weiter vorne noch die

Kommode, von der die Fama sagt, daß sie von einem im anderen Teil der Stadt berühmten Dramatiker, der eine bizarre Liebe zum Empire-Stil entwickelt hat, persönlich herübergebracht worden ist: Lohn für anwaltlichen Beistand, als eines seiner Historiendramen ohne Genehmigung im Westen aufgeführt wurde. Wie solle der ihn auch bezahlen, hatte Joachim sich bei der Geburt dieser Legende erregt, wenn man dem Mann die Devisen vorenthalte, die ihm zustehen. Warum der Onkel aber nach erfolgreichem Abschluß des Verfahrens nicht einfach einen Teil der eingeklagten Tantiemen als Entlohnung kassiert habe, wollte er meinem Vater damals partout nicht sagen und auch nicht, ob er in der Sache überhaupt erfolgreich war. Ganz am Ende des Gangs zwischen den Türen zum ersten Bad und zum Schlafzimmer hat schließlich ein mannshoher schmaler Spiegel in bröseligem Stuckrahmen und mit grauem Star in der rechten unteren Ecke seinen Platz. Eigentlich wird er nicht gebraucht, denn die Schrankwand im Schlafzimmer ist komplett verspiegelt. Aber der Effekt ist enorm, wenn man nachts durch die Bilderschlucht des Flurs der eigenen Gestalt entgegenläuft.

Ist er in der Küche? Plastikrascheln und dann das dumpfe Klappen einer kälteisolierten Tür verraten ihn, und ich folge in den kargen, zur Gänze rauhverputzten Raum, von dem aus ein winziger Balkon zum Hof geht. Der Eingang zur Speisekammer besteht aus einem Sperrholzbrett. Links hinter der Tür zum Flur steht der Spülstein, über dessen antiquiertem Aussehen mir dieser Begriff überhaupt erst klargeworden ist: eine Mulde aus Muschelkalk herausgemeißelt, und vom Wasserhahn bis zum Ausguß eine kupfergrüne Spur, die mir jedesmal Ekel einflößt, wenn ich Kaffee koche oder abwasche. Rechts in der dunkelsten Ecke stehen zwei große Tiefkühlschränke und brummen vor sich hin, dagegen kommt das über dem Eichentisch von der Decke baumelnde Radio kaum an, weshalb Dr. Zeuber mit Walkman zu frühstücken pflegt. Außerdem steht da noch ein alter Schrank, dessen Scharniere Geräusche von sich geben, die es unmöglich machen, sich nachts ein Brot zu schmieren, wenn man nicht Teller und Besteck schon am Abend herausgenommen hat. Wenigstens gibt es hier PVC statt Parkett, so daß kein Knarren zu befürchten ist, aber vom Gästezimmer durch den Flur in die Küche gibt es trotz Teppichboden noch genug akustische Minenfelder, ehe man dann zuverlässig über die winzige Schwelle zur Plastikebene stolpert, die sich jedes Jahr ein paar Millimeter zu erhöhen scheint. Warum Onkel Joachim bei seiner sonstigen Akribie die Küche, in der er sämtliche Mahlzeiten einzunehmen pflegt, sofern er keinen außerfamiliären Besuch hat, in derart provisorischem Zustand belassen hat, ist mir rätselhaft. Außer im Kabinett verbringt das Leckermaul in keinem anderen Raum der Wohnung soviel Zeit wie dort. Doch nun geht er schon wieder hinaus, und auf seinen Zügen liegt ein Sammlereifer, der ihn die Torte gleich hat verpacken und einfrieren lassen.

«Ich stelle deine Sachen mal direkt hier hinein.» Er ist schon wieder zwei Türen weiter, aber wieso geht er nach rechts? Die Stimmen der Jungs kommen doch von links, und er ist jetzt in die Rumpelkammer abgebogen, wo der Evil-Knievel-Flipper zwischen all den Bildern steht. Seine Augen funkeln: «Sonst klappt das ja gar nicht mit deinem Harem. Ich schlage vor, du und Thomas nehmt hier Quartier, denn euch macht die Enge ja nichts aus. Unters Gerät paßt allemal eine Matratze, die andere davor, dann trennen euch nur die Metallbeine, und zwischen denen kann man leicht kuscheln, wenn nicht mehr.» Danke, Onkel, daß du leise gesprochen hast. Aber brennen sollst du unter meinen Blicken.

«Dann kann Matthias mit Stepan und Sixtus das Gästezimmer beziehen, und dort kommt auch das Einzelbett zum Einsatz. Dabei hätte ich fast schon Karl gebeten, es mit mir rüberzutragen, damit ihr es im Eßzimmer hättet nutzen können, aber das wäre sowieso etwas schmal für zwei – selbst für euch zwei Verliebte.» «Liebe schließet fester sie zusammen.» «Tränen mischen sich in ihre Lust.» «Okay, du hast gewonnen.» «Worum geht es denn bei dem Kampf?» Makro steht plötzlich in der Tür, wenigstens er und nicht Tommy. Wie ein Trauerkloß lehnt er da, und das bessert meine Laune wieder. Dann eben hier schlafen. Es wird eh nicht allzuviel Zeit sein, die wir in der Wohnung verbringen. Wenn wir morgen früh vom Feiern zurückkehren, dürfte es uns reichlich egal sein, wo wir unser Bett finden. Und sollen die drei doch ihre dampfende Jungskommune bilden. Hoffentlich zieht der Dunst durch Bad zwei und eins bis ins Schlafzimmer meines Onkels und schenkt ihm feuchte Träume. Die Tasche hat er auf dem Flipper abgestellt, der bereits verführerisch beleuchtet ist. Maschbauer Sixtus wird sich das mechanische Spektakel wohl nicht entgehen lassen haben, denn sonst ist das Gerät immer ausgeschaltet. Einer wenigstens, der auch unter der Neuverteilung der Zimmer leiden wird. Tommy dagegen sollte seine Begeisterung für den Motorradsport besser zügeln: Jede Sekunde hier drin ist eine Sekunde mit mir, darauf kannst du wetten, Liebster.

«Thomas, könnten Sie mit Ihren Sachen hier hereinkommen?» «Duz ihn doch, er gehört zu mir.» Aber der Onkel ist schon wieder im Flur, also gehe ich zu den beiden anderen, die im Gästezimmer auf ihren Betten sitzen und den Stuck anstaunen. Landeier, das kennt ihr nicht, daß selbst die Decke was zum Gucken bietet. Stepan geht zum Fenster und inspiziert die schwach beleuchtete Nebenstraße. Die Dämmerung ist der Dunkelheit gewichen, es muß auf sechs zugehen. All der Nippes ist vom Fensterbrett auf den Sekretär umgeräumt worden, jetzt zieht die Commedia dell'arte ihr Spiel dort auf, und daneben züngelt als Schattenspielfigur eine Naga in Richtung lange Nase des steckengestützten Balinesen mit den Knickgliedern. Mensch, es ist wieder mehr geworden, ein halbes Dutzend Figuren, die ich noch nicht kenne, und darüber ein Set von Rotlackdosen, die man ineinanderstapeln kann, nun aber sauber aufgereiht wie eine Großfamilie, also vermutlich auch gut gefüllt mit allerlei Tinnef, Schnitzereien, Sammeltassen, Siegelringe. Alles Konkursmasse der Klientel von Anwalt Zeuber.

«Matthias, Stepan, Sie und Sixtus werden hierbleiben. Suchen Sie sich aus, wer im Einzelbett nächtigen darf.» «Ist belegt!» War ja klar, daß Stepan schneller sein würde als Makro. Schon liegt sein Rucksack auf der Tagesdecke. «Thomas, kommst du mit euren Taschen hinterher?» Hui, er hat mir doch zugehört. «Ihr werdet den Galerieraum beziehen.» Toll formuliert, als dürften wir in einem White Cube nächtigen. Als Tommy die Rumpelkammer sieht, klappt ihm der Kiefer runter, und zumindest meine Flippersorgen sind obsolet. «Passen wir denn da zu zweit überhaupt rein?» Rührend, mein Held, und fast wäre das auch eine witzige Frage gewesen, wenn sie nicht so erschreckend hilflos geklungen hätte. «Glaubst du nicht, daß zwischen euch weniger Distanz vonnöten ist als zwischen den beiden Herren Sixtus und Matthias?» Er grinst dazu übers ganze Gesicht, denn er und ich wissen nur zu gut, daß er auch die andere Variante bestrickend fände, und er weiß, daß Tommy das nicht weiß. «Und so dick bin ich ja wohl auch nicht», hole ich Tommy zurück ins Gespräch, der auch sofort kuscht: «He, wer sagt denn so was? Dich könnten wir dreimal hier unterbringen. Und angesichts eines solchen Trios würde ich mich allemal hier reinzwängen, also kein Problem.» «Dann ist das ja geklärt. Ich hole eure Bettstatt. Kannst du mir helfen?» Und beide trotten davon, um unter dem Doppelbett im Gästezimmer die beiden Matratzen herauszuziehen, die früher, in einem anderen Sammlerleben, tatsächlich hier noch Platz gefunden hatten, aber längst zugunsten weiterer Bilderstapel ausgelagert worden sind. Galerieraum? Der war richtig gut.

In den Regalen hier drin hat sich nichts verändert, aber die waren sowieso immer voll, und zwar mit Büchern der alleruntersten Schublade. Die repräsentative Lektüre, die steht vorne in der Rotunde, um die wechselnden Besucher zu beeindrucken; hier ist der Ort der Leidenschaften, die roten Rücken der Goldmann-Krimireihen und die schwarzroten von Scherz. Dazwischen als bunte Blöcke die Nero-Wolfe- und Agatha-Christie-Ausgaben der Buchgemeinschaft. Als meine Großeltern ihren Rappel gekriegt und die alten Kinderzimmer zwei Jahrzehnte nach der Nestflucht doch noch ausgemistet haben, war Joachim der einzige, der sich dem Ultimatum beugte und zwei billig angemietete Jünglinge mit einem Container vorbeischickte, um seine Besitztümer zu retten. Meine Mutter hat es damals nicht einmal für notwendig befunden, die dreihundert Meter zu Fuß zurückzulegen, so empört war sie über die Drohung ihrer Alten, alles wegzuwerfen. Damit hat sie mir ein gutes Argument gegen die etwaige spätere Räumung meines eigenen Zimmers geliefert, auch wenn ich mir geschworen habe, das Elternhaus nie so schamlos als Speicher zu mißbrauchen, wie es die Generation vor mir getan hat. Vor allem Onkel Joachim, der als Single die größte Wohnung aller vier Geschwister besaß.

«Weg da, das Bett muß rein.» Wohin soll nun ich, als die erste Matratze ankommt, am einen Ende Tommy, von hinten drückt der Onkel, und ich kann doch nicht auf die Bilder klettern, also setze ich mich auf den Flipper, notgedrungen lasziv. Tommy sieht es erst, als die Last vor dem Gerät abgelegt ist, schiebt dann jedoch seine Hände auf meine Knie und mimt den Pinball Wizard. «Tilt», ruft Onkel Joachim, in dessen Gesicht das erste Mal so etwas wie Interesse an Tommy aufscheint. «Seid vorsichtig, wenn ihr ernst macht, das Ding ist sensibel kalibriert.»

Bevor die zweite Hälfte unserer Unterlage eintrifft, gebe ich die Pose wieder auf, denn schon kommen mit Aneckgeräuschen Stepan und Makro, und was Verwandtschaft sehen darf, ziemt sich für den Ex nun wirklich nicht. Außerdem wäre ich von Herrn Knievel nicht heruntergekommen, ohne meine Straßenschuhe aufs Matratzenpolster zu setzen, und so etwas geht gar nicht. Also schwinge ich das linke Bein rüber und hüpfe in die Arme meines Liebsten, der über alle Mund- und Augenwinkel strahlt. «Laßt uns erst durch, hier ist kein Platz für mehr als zwei», warne ich nach draußen. Die sollen ruhig wissen, wie es hier abgehen wird, und es ist Stepan, der Makro erspart, meine Bosheit beantworten zu müssen: «Mit Matratzen ist es wie mit Krawatten, eine geht immer noch rein.» An ihnen vorbei schlüpfen wir ins Gästezimmer, und ich zeige Tommy das subtile Bäderlabyrinth: Die Tür hinten rechts am Fenster geht ins zweite Bad, darf aber nicht zu weit geöffnet werden, sonst scheppert sie gegen die Metallplatte eines halbhohen Schubladenschranks, in dem die Putzmittel aufbewahrt werden, die einmal wöchentlich zum Einsatz kommen, wenn eine Ostberlinerin im Westen ihre Rente aufbessert. Gesehen habe ich auch diese ominöse Person noch nie, muß aber ohnehin schon die dritte oder vierte sein, denn die alten Damen segnen ja das Zeitliche oder werden gebrechlich, weshalb alle paar Jahre die Sucherei nach einer zuverlässigen Hilfskraft wieder losgeht, die nicht etwa auf den Gedanken kommt, ganz rüberzumachen und dann vielleicht hier ihre erste Anlaufstation einzurichten. Von der Agentur, die sich um Vermittlung von devisengierigen Damen kümmert, sagt Onkel Joachim, sie sei besser informiert als der BND und empfehle vor allem alte Parteigenossinnen, die gar nicht daran dächten, das Arbeiter- und Bauernparadies gegen den verkommenen Kapitalismus zu tauschen. Als ich das gehört habe, bin ich noch neugieriger auf die Putzbrigade geworden. Hat's was genützt? Nö. Ich krieg sie einfach nicht zu sehen. Und an Silvester oder Neujahr kann ich mit den Ost-Mamsells wohl auch nicht rechnen.

Aus einem Ankleideraum und der ehemaligen Toilette für die Herrschaften ist das zweite Bad geworden, das einzige, was in dieser Wohnung je verändert worden ist, und ich schätze, daß sich Onkel Joachim damit schwergetan hat, obwohl es ihm ersparte, das eigene Bad mit anderen Menschen zu teilen – und den anderen Menschen ersparte es seine schlechte Laune, die stundenlang anhalten konnte, nur weil er am Morgen auf eine verschlossene Tür gestoßen war. Das erste Bad hat drei Zugänge: den vom Flur, den aus dem ehemaligen Ankleideraum, nun dem zweiten Bad, und einen letzten direkt aus dem herrschaftlichen Schlafzimmer, und wenn ich schon diese Tür verriegelt hatte, probierte Onkel Joachim trotzdem noch beide weiteren Eingänge aus, wohl weil er fürchtete, man könne einfach vergessen haben, sämtliche Türen wieder aufzuschließen. Und so saß man auf dem Klo oder in der alten grünblau gekachelten Wanne und hörte, wie das Unheil einen umkreiste, was längst zum Gegenstand von familiären Witzen geworden war, die ich allerdings gerne etwas früher gehört hätte, dann wäre mir der Schreck erspart geblieben, daß bei meinem ersten Solobesuch der Onkel tatsächlich durch die dritte Tür hereinkam, als ich gerade aus der Wanne steigen wollte. Kann man glauben, daß einer, nachdem er die erste und die zweite Tür verschlossen gefunden hat, tatsächlich durchs Gästezimmer, mein Zimmer, geht, um festzustellen, ob la nièce nicht schon das Haus verlassen hat und damit das Bad für die endlosen Wasserspiele frei ist, die hier gewiß allmorgendlich veranstaltet werden? Der Einbau des zweiten Bades war also wirklich ein göttlicher Einfall, auch wenn es ein bißchen schade ist um das horrorfilmmäßige Türrütteln. Wenn nun Gäste im Haus sind, schließt Onkel Joachim konsequent das erste Badezimmer ab, um es exklusiv für den eigenen Gebrauch zu reservieren. Jetzt steht es offen, deshalb zeige ich es Tommy.

«Die Bude ist riesig. Was zahlt dein Onkel hierfür? Ich dachte, der kann mit Geld nicht umgehen.» Hatte ich das erzählt? Oder war meine Mutter wieder einmal etwas zu redselig gewesen, als wir am 25. Dezember zusammengesessen hatten? Tommy zum ersten Mal im Kreis der Familie, in kleiner Runde. Für das Rencontre aller vier Geschwister samt Frauen, Männern und Kindern im großelterlichen Haus am zweiten Feiertag war Tommy noch nicht lange genug mit mir zusammen, außer Joachim und meinen Eltern wußte noch niemand von uns. Sein Kadett funkelte in unserer Einfahrt wie die Augen des Eifersuchtsteufels, als ich ihm die Tür öffnete, und dann wurde viel geredet und getrunken, im Grunde genommen ist erst das der Antrittsbesuch bei den künftigen Schwiegereltern gewesen. Vorher immer nur «Komm rein» und dann schnell runter zu mir, wobei ich es ohnehin vorzog, sich bei ihm zu treffen, denn noch ging unser Ding wirklich niemand von den Meinen etwas an.

«Tausendvierhundert Mark. Zumindest war das beim letzten Mal noch so, und ich habe nie eine andere Summe gehört.» «Echt? Das sind keine fünf Mark auf den Quadratmeter. Wie geht so was?» «Er wohnt hier seit mehr als zehn Jahren, und die Miete ist gedeckelt. Politische Gründe, damit die Leute überhaupt hierbleiben, glaube ich.» «Dann dürfte er jetzt ja voll die Panik kriegen.» Wenn du wüßtest, wie der Onkel letzte Woche geschwärmt hat. Erst von der Maueröffnung als solcher und dann von den zahllosen Klienten, die ihn schon beauftragt hatten, die Rechtslage zu prüfen, was Grundstücke und Häuser betraf. Die armen Schlucker hatten große Träume von reicher Beute.

«Ist das deinem Onkel auch recht?» Klar, nur hinein in die Lasterhöhle, das Schlafzimmer ist ein öffentlicher Ort. Er stockt, staunt, schwärmt: «Peppone, alter Linksradikaler, komm mal! Das glaubste nicht.» Stepan soll das riesige Sternenbanner sehen, das, senkrecht aufgehängt, fast die gesamte Wand hinter dem Bett bedeckt. Tommy glaubt in Joachim einen Verbündeten gefunden zu haben, doch als der ideologische Rivale mit Makro auf den Fersen zu uns stößt, erläutere ich süffisant, daß die Fahne vor allem süße Erinnerung an Palm Springs ist, wo der Onkel gemeinsam mit einem amerikanischen Freund, dem Ami-Ami, wie ich ihn nenne, ein Ferienhaus besitzt. Kaum ist das erzählt, bricht die Allianz zwischen meinem Boyfriend und dem Freund aller Boys wieder zusammen, und wenn ich darüber nachdenke, klingt sie wirklich etwas protzig, die Sache mit der Hütte im Nobelferienort. Ja, wie leistet sich der das eigentlich alles? Der schwimmt im Geld, sagen die Blicke der Jungs, die von Spiegelschrankwand und Weltempfänger zu den Miniaturen wandern, die hier sorgsam so gehängt sind, daß das Licht der einzigen Fenster, die in der Wohnung nach Süden gehen, nicht unmittelbar darauf fällt. Makro hat den Akt entdeckt, der links in der Ecke mehr verborgen als ausgestellt ist, da, wo die genormte Schrankwand der kaiserzeitlichen Anarchie der Zimmerabmessungen nicht hat Herr werden können und wo deshalb das übriggeblieben ist, was Onkel Joachim einmal breit grinsend seinen Herrgottswinkel genannt hat. Dann hat er mich vor dem Bild stehenlassen, das nicht obszön zu finden ich bei jedem meiner Besuche erneut vergeblich versuche, und seitdem in vertrautem Gespräch immer wieder damit kokettiert, daß er mich doch aufgeklärt habe und also seinerseits Anspruch auf sämtliche meiner Intimitäten erheben könne.

«Das war alles?» Stepan hat schon überzeugendere Sarkasmen gestreut. «Tolle Wohnung.» Danke, Makro. «Danke, Matthias.» Er ist wieder zu uns gestoßen, scheucht uns durch seine Anwesenheit hinaus aus dem Schlafzimmer und zwinkert mir noch zu, weil Makro hinten stand, als er hereingekommen war. «Genug rekognosziert und aufgeklärt. Wollt ihr, wollen Sie etwas trinken?» Wir wollen, und schon die Aussicht, einen Blick in die Speisekammer zu werfen, macht mich kribbelig, denn über die angeblich unglaublichen Vorräte Onkel Joachims zerreißt sich die ganze Verwandtschaft das Maul. Als komme der Russe, so bunkere er Fressalien, vor allem in den beiden Tiefkühlschränken, wo sich Torte an Torte reihe, weil Großmutter und Schwesterlein ihrem Liebling bei jedem Besuch eine neue backen, die nicht angerührt, sondern gleich verpackt wird. Quod erat demonstrandum. Noch nie hat sich jemand rühmen dürfen, solch ein kulinarisches Mitbringsel serviert zu bekommen, und da ich diese Anekdote gleich zu Beginn unserer Fahrt, noch vor der Autobahn, zum besten gegeben hatte, kann ich auch das Feixen meiner Begleiter angesichts der zwei Kühltürme in der Küche gut verstehen, lautlos versuche ich sie zu beschwichtigen, was das amüsierte Trio aber offenbar als Protestpantomime gegen den in der Speisekammer beschäftigten Gastgeber deutet, nicht gegen sich selbst, und also weiter knufft und grinst. Entsprechend groß ist die Enttäuschung, als Säfte und Mineralwasser aus dem Verschlag geholt werden und es darin eigentlich ganz normal aussieht: Konserven, Zucker- und Mehlpackungen, Nudeln, Reis, Graupen, H-Milch – nix davon in Kalter-Krieg-Rationen. Eine neue Blockade hätte Onkel Joachim nicht lange durchgestanden. Oder nur mit Torten.

«Das müssen sie sein.» Ein Schnarren aus dem Vestibül. Selbstverständlich hat er ihnen keinen Schlüssel mitgegeben. Den werde nachher ich mit tausend Ermahnungen bekommen. «Machst du auf?» Also laufe ich nach vorne, betätige den Türöffner und horche hinaus, ob die Ankömmlinge auch reingekommen sind. Durch das hohe Treppenhaus schallt Simones Lästermaul, Karls Brummbaß übertönt es, Sixtus fällt auch ein, ein kleines Stimmkonzert, das mich vermuten läßt, da könnte schon das eine oder andere Bier geflossen sein. Sie sind ja auch lange weg gewesen, es hat uns zur ganzen Schloßführung gereicht. «Hey, die gnädige Frau!» Karl, du Witzbold, «läßt du uns ein ins Familienanwesen?» Kuß links, Kuß rechts, dann Umarmung mit Simone, und Sixtus schüttelt mir die Hand: «Schon lange da?» «Lange genug, um uns in der ganzen Wohnung breitzumachen.» «Vergiß es, dein Onkel hat schon alle Räume zugewiesen. Das traute Paar bekommt den Gästetrakt, Stepan und ich dürfen flippern, und du mußt mit Thomas unter den Flügel.» «Ja, wenn Makro nicht wäre.» «Matthias ist auch hier?» Das reißt Karl von Simone weg und treibt ihn in den Flur. Er hat nie verstanden, daß ich den aufgegeben habe, und sieht wahrscheinlich einen Schimmer am Horizont für seinen alten Freund. Silvesterfreuden, Versöhnung, Romantik. Und wer ist schon Tommy? Da plant jemand, eine andere Band wieder zusammenzubringen.

4.

Ich hab wohl nicht richtig gehört.

«Du … wäschste dich mal nicht?» «Was? Spinnst du?» Den Ellenbogen nach hinten, Ekelreflex, und ihn dort treffen, wo ich wollte, knapp neben dem Schritt am rechten Oberschenkel. Denk über die paar Zentimeter nach, Tommy, und als ich mich umdrehe, schlafft er auch schon ab, und ich kann mich noch einen Augenblick an dem Umschlag von Stolz in Scham in seinem Gesicht weiden. Wende den Blick sofort wieder ab, als täte er mir leid. Stimmt zwar gar nicht, aber nix macht sie so fertig wie Mitgefühl angesichts des Zusammenbruchs ihrer Männlichkeit. Dann schrumpelts so schnell wie sonst nur im Eiswasser, da kann ich mitreden, ich habe Makro mal drum gebeten, sich direkt aus dem Bett in die Wanne zu legen: Er war ganz geil bei dem Gedanken, das habe ich ihm angesehen, legte sich eilig rein, da war noch kaum Wasser in der Wanne. Trotzdem war der Kollaps total, und ihm war es peinlich, daß Willenskraft seiner Liebe keinen Halt geben konnte.

Komisch. Wenn sie vorher daran denken, dann schießen sie hoch, dann entwickeln sie Haken, mit denen sie dich aufspießen wie nie sonst, aber wenn es vorbei ist, und ich spreche sie darauf an, warum das denn so toll war heute, dann fühlen sie sich durchschaut, und ein zweites Mal ist nicht drin. Direkt schon gleich gar nicht, und in

Zukunft auf diese Tour auch nicht mehr, denn ich könnte ja wieder fragen. Und selbst wenn ich die Initiative übernehme, eine Pose biete, einen Bewegungsablauf, der sie anfeuern soll, doch mal wieder auf die Knie gehe oder so, dann kommt ein Kuß, ein schnelles Streicheln, wo es guttut, und wir rutschen ineinander, wie wir es gewöhnt sind, weil sie nicht daran erinnert werden wollen, sich gehengelassen zu haben, ihre Gedanken so nackt gezeigt zu haben, wie sie selbst sind, so ausschließlich auf sich selbst bezogen und die eigene Lust, das paßt den Sensibelchen nicht, und das ist mir auch lieb so, denn ich kann steuern, was passiert, wenn wieder was passiert, was mir nicht paßt. Und manchmal sogar schon, bevor es passiert. Wie jetzt.

Du darfst schnuppern, Tommy, klar, aber kein anderer, und schon gar nicht lasse ich mich als Trophäe benutzen. War doch schon ganz nett von mir, daß ich mich nicht dumm gestellt habe, als er mich nach dem Kämmen noch mal ins Zimmer mitgenommen hat, wo hinter der Tür sehr geplant sein Rucksack plaziert war, so daß er sie schließen mußte, um ihn zu öffnen und den Stadtplan rauszuholen, und dann kam er mit gespitzten Lippen, und ich habe mich zum Flipper drängen lassen, auf den er mich gesetzt hat, und als die ersten Knöpfe aufgingen, habe ich ihm genau den Grad an Ermutigung durch Augen zu und Mund auf gegeben, den er brauchte. Mir die Jeans abzustreifen war eine etwas kipplige Angelegenheit, denn er wollte mich dort oben auf dem Glaskasten halten. Hätte ich gelacht, wäre Schluß gewesen, das war klar. Also Augen zugekniffen, Bauchmuskeln locker gehalten, denn da war er gerade zugange mit dem Mund, und ich verstand und öffnete mich, und sein Kopf glitt zwischen meine Beine, und die Zunge tastet sich aus ihm heraus, kreiselt durch meine Haare, späht meine unteren Lippen aus, benetzt sie, kitzelt zurück, drängt leicht auseinander, so flexibel, wie ich mir anfangs immer die Eicheln wünsche, ehe sie drin sind, wo sie dann nicht fest genug sein können, aber so ist das großartig, kein halber Zentimeter in mir und beweglich wie eine Kaulquappe, jetzt oben, wo es prickelt und dann als süße Verheißung der Rückkehr wieder weg und nur manchmal das scharfe Einziehen von Luft, wenn ihm zuviel Speichel im Mund zusammengelaufen ist und er ansaugt, das gibt dann einen schönen Effekt an mir, und ich glaube sogar, daß ich das am liebsten mag, weil ich spüre, wieviel vergebliche Mühe er sich gibt. Ich fülle ihn, schiebe mich kurz gegen ihn, und dann blitzt es irgendwann, wenn er lange, lange manövriert hat, weil ich gegen den Blitz angekämpft habe, und das macht mich warm, dann geht es irgendwann ganz schnell, und er bekommt das Signal durch ein, zwei pfeifende Atemzüge, und ich lasse seine Haare los. Hat er das eigentlich jemals gemerkt, daß auch ich meine Rituale beim Sex habe? Keine Berührung abseits der Hüften, wenn's darauf ankommt. Nein, hat er nicht, dann ist er sogar besonders gerne an meinen Brüsten oder Händen. Oder diesmal an meinen Waden, die er um den Flipperkörper herumdrückt, als wollte er mich noch weiter aufspreizen, aber das geht jetzt gut, er ist wie eine Maschine, die mir Spaß bereiten will, nur mir, das mag ich an seiner Zunge, auch wenn ich sehe, wie hart er schon bereitsteht vor Gier, die meine Lust bei ihm auslöst. Und Belohnung soll ja auch sein, aber denke nur nicht, daß du mich auf einem Flipper nimmst. Also rutsche ich langsam und gegen seinen sanften Widerstand, denn natürlich wollte er mich dort, nach vorne und herunter, er stellt sich nicht ungeschickt an und fängt mich auf, gleitet in mich hinein, und da nehme ich doch die Arme zurück ans Gerät und lasse mich ans Metall drücken, so hat er einen Teil seines Spiels, und nach dem Tilt sind die Matratzen ja nahe, so daß ich rasch von ihm wegkomme, denn ich sehe gerne den glänzenden Schaft, der noch hektisch zu atmen scheint, weil er endlich wieder an die Luft gekommen ist. Er legt sich hinter mich, mehr als ein paar Minuten werden wir nicht haben, selbst wenn die anderen Rücksicht nehmen, aber ein Quickie war das schon jetzt nicht wirklich, und dann dieser Satz. Vielleicht hätte ich den Ellenbogen doch ganz gezielt zucken lassen sollen.

Ich weiß, woran er denkt, und das ist sein Pech. Aber die merken sich ja nie, was sie so alles erzählen, weil sie selbst nicht zuhören können. Im Blockunterricht der Berufsschule sitzt neben Tommy eine Frau, der man ihre Nächte anriecht. Zumindest hat er das erzählt, und auch wenn er dabei den Unschuldigen, Verstörten spielte, habe ich doch gemerkt, daß ihn das angeturnt hat. Obwohl er nie etwas mit ihr gehabt hat, auch nie haben würde, denn ich habe sie einmal gesehen, die ist gar nicht sein Typ. Makro hat sie mir gezeigt, der wußte nicht, daß ich die Geschichte schon kannte. Ich war ja erst ganz kurz mit Tommy zusammen, was wollte sein Vorgänger mir damit wohl sagen? Daß mein Neuer ein Schwein war, daß er sein Hab und Gut markierte, daß es ihm um Besitz ging, nicht um Liebe? So hab ich's Makro entgegengeschleudert, und Mann, war der da plötzlich kleinlaut, zum Küssen, und das habe ich dann auch zum Spaß gemacht, for old time's sake, und gut war's. Aber jetzt bin ich tatsächlich genau in der Situation, die mir damals so lächerlich erschienen war, und kann es gar nicht fassen.

«Ja wirklich, du spinnst!» «He, das, das war es nicht … Ich …» «Stimmt, das war es wohl überhaupt nicht. Ich beigreife das nicht. Willst du mich ausstellen? Makro zeigen, daß ich dir gehöre und du es in seiner Gegenwart munter machst? Ist das ein Jungsding, den anderen so zu erniedrigen? Und wenn ja, mußt du mich da mit reinziehen?» «Hör mal …» «Nein, du hörst erst mal zu. Ich habe keine Lust auf Spiele zwischen euch. Klar? Wir ziehen jetzt los, und dann ist alles Party, keine Eifersüchteleien, und wenn ich um zwölf nach dir auch Makro küsse und vielleicht sogar Stepan, dann will ich damit keine Szene machen und will auch keine sehen. Ist das klar?» Er nickt, ohne den Blick zu senken. «Komm her, das war blöd, ich war blöd», und er zieht mich rüber, umschlingt mich, seine Zunge streicht über meine oberen Lippen, aber ich schüttele ihn weg: «Na, wie soll das erst werden, wenn wir richtig breit sind?» Er lacht erleichtert: «Dann darfste alle deine Phantasien des letzten Jahres, von denen ich nichts hören wollte, auf einen Schlag loswerden, und ich werd sie umsetzen.» «Die sehen aber eindeutig anders aus als deine.» «Um so besser.» «Eine richtig gute Idee wäre, wenn du jetzt mal im Flur die Lage checkst und alle Leute, die sich in Sichtweite aufhalten, beschäftigst, damit ich ins Bad komme, um mich zu waschen.» Als er sich die Hose hochzieht, schaue ich demonstrativ weg, aber er auch, aus dem Fenster, wo über den Hof alles dunkel ist.

Als Tommy sich draußen räuspert, husche ich durch

ins zweite Bad, nur die Jeans schnell drüber, um den Slip nicht noch einmal wechseln zu müssen, wir sind ja mit kleinem Gepäck unterwegs, heißen ja nicht Makro, mein Unterhosenkontingent ist doppelt so groß wie Tommys, aber da ist keine Reserve. Mit Freiluftakrobatik außerhalb der Decken hatte ich nicht gerechnet, das war neu für uns und eigentlich ganz schick. Gute Miene vor dem Spiegel: Du bist schön, ach Quatsch, alles verwüstet, also nochmals bürsten, aber erst abtrocknen, zur Strafe nehme ich die Ecke seines Handtuchs, ich beeile mich, er muß ja auch noch mal hier rein, oder soll nun ich ihn bitten, es zu lassen? Aber das wäre wirklich medeamäßig. Er würde rot glühen, und das Beste: Er würde es wirklich lassen. Aber dann den ganzen Abend schnüffelnd durch die Straßen, in den Kneipen, ob man mich an ihm riecht? Nee, bäh, das muß nun wirklich nicht sein. Spiegel, du machst mich häßlich, zerspring, will mich nicht ansehen, spüre, wie es ziept, wenn die Zinken durch die Haare gehen, brauner Vorhang vor den Augen, dann nach hinten streichen. Soll ich das Muttermal am Kinn mal wegmachen lassen? Doch dann bleibt am Ende eine Narbe, und bisher hat noch jeder gegluckst, wenn er im Dunkeln mit dem Finger da drübergefahren ist. Gezupft werden müßte auch wieder, aber nicht jetzt. Es wird spät, letzte Kontrolle, Brauen hoch, und ich strecke mir die Zunge raus. Tommy klopft.

«Kann ich?» Untersteh dich, aber hier sind ja aus alter Gewohnheit alle Türen dichtgemacht. «Bin gleich soweit.» Als ich mich an ihm vorbeischiebe, drückt er mir einen Kuß aufs Haar und macht auf verrucht: «Schöne Frau, ist das der Weg zur Herrentoilette?» «Sofern sie später nicht danach riecht, ja.» «Bist echt unmöglich. Rachsüchtig und boshaft», schmeichelt er mir genau so laut ins Ohr, daß es vorne im Vestibül nicht ankommt, wo ich die anderen vermute. Dann verschwindet er im Bad, und ich ziehe mich fertig an, damit es allmählich mal losgehen kann. Sieben ist längst vorbei, selbst wenn wir direkt einen der Busse vom Roseneck erwischen, die garantiert selten fahren, weil Sonntag ist, können wir vor halb neun kaum irgendwo in Zentrumsnähe sein, und dann müssen wir ja noch was finden, wo die Besatzung unseres Autos ihren Hunger stillen kann, denn für mich und meinen seltenen Verbündeten Stepan ist klar: Silvester heißt essen gehen. Das war so, ist so und wird so bleiben. Die besseren Lokale werden bis auf den letzten Platz reserviert sein, also Kneipe oder Italiener, ja, am besten Italiener, da können wir uns schon mal an den Kontakt mit Fremden gewöhnen, bevor wir dann zum Alexanderplatz aufbrechen, wo wir unter all den fremden Deutschen das neue Jahr begrüßen und begießen wollen. Jeder von uns hat eine Flasche Champagner mitgebracht. Die wollen wir teilen mit den Brüdern und Schwestern, als Westpaket der luxuriösen Art. So ist der Plan, so vage wie nur möglich.

«Spät kommt ihr, doch ihr kommt.» Den spöttischen Ton hat Onkel Joachim drauf wie kein anderer und kann dazu noch so schön seinen Schnäuzer kräuseln. «Keine Lust aufs Balladenspiel, mon oncle, zumal, wenn es keine Ballade ist. Sag mir lieber, ob ich mich so der Stadt zeigen kann.» «Du wirst sie umwerfen. Die Vorstellung, daß du so in den Osten einmarschierst: das schöne Gesicht des Kapitalismus. Die kennen ja nur Katharina Witt.» «Ist doch nicht so übel.» «Nicht übel? Wenn du morgen früh im Glitzerröckchen hier am Frühstückstisch sitzt, mit hautfarbenem Satin auf dem Ausschnitt und Dutt, vielleicht noch dunkel gefärbt, dann weiß ich, daß wir auf der Strecke bleiben werden, wenn BRD und DDR zusammenkommen. Also sorge mal lieber du dafür, daß ab morgen alle Zonenfrauen in ordentlich durchgefärbten Bluejeans stecken, schwarze gefütterte Lederjacken mit etwas zu breiten Schultern und etwas zu weit aufgezogenem Reißverschluß tragen, daß sie Männerhemden aus dem Schrank ziehen, die sie allerdings jahreszeitenbedingt etwas weiter hochknöpfen könnten», stirb, Onkel, aber außer dem leise lächelnden Sixtus scheint niemand zuzuhören, und Tommy ist noch im zweiten Bad, der braucht ja länger als ich, «und daß sie ihre gräßlichen Strähnchen durch komplette Tönungen ersetzen. Aber sei gewarnt, in den HO-Läden gibt es nur Stonewashed-Jeans, Leder hat der Ostblock immer nur exportiert, Männerhemden sind Bückware, und die Friseurläden sind spärlicher gesät als bei uns. Also mußt du dir etwas einfallen lassen, was den Sieg unserer Weltanschauung befördern könnte. Was habt ihr außer meiner schönen Nichte noch dabei?» «Sieben Flaschen Schampus.» Das sagen Simone und ich gleichzeitig, und wir prusten auch beide gemeinsam los. «Trinke Mut des reinen Lebens – so ist es recht. Das können sie nicht kennen, und Champagner ist ein besseres Argument gegen den Sozialismus als Aldi.» «Elender Snob», ich drücke ihm einen Schmatz auf, denn Tommy ist jetzt auch soweit, und wir stehen alle abmarschbereit im Vestibül um ihn herum. Sixtus kriegt noch einen zweiten Satz Schlüssel ausgehändigt, das hätte ich gar nicht gewagt zu erbitten. Raus.

Kalt ist es nicht, und die Straßenlaternen machen den Hohenzollerndamm beinahe taghell. Aus den Wohnzimmern kaum blaues Flimmern, sondern Lüsterlicht, in dem vermutlich munter getafelt wird. Außer uns ist niemand unterwegs, und der Weg zum Roseneck zieht sich, weil ich jede Sekunde damit rechne, den 129er abfahren zu sehen. Die Linie beginnt hier, und die Busse stehen schon mit laufenden Motoren da, so daß ich noch immer ins Rennen gekommen bin. «Macht schon, die nehmen hier keine Rücksicht. Selbst wenn er uns sieht, kann der Fahrer im letzten Moment noch die Tür schließen. Die halten sich sklavisch an die Fahrplanzeiten.» «Will ich ihm nicht raten», schreit Sixtus. Und Tommy: «Dem schmeißen wir uns in den Weg.» Die glorreichen Sieben auf ihrem Marsch in die Stadt, verpackt in Leder und Denim. Karl, immer um Simones Wohl besorgt, hat einen gigantischen Regenschirm im einen, die Freundin im anderen Arm. Makro ist das Schlußlicht, Tommy und ich sind etwas voraus, von meiner Eile lassen sich die anderen nicht nervös machen. Das ändert sich auch nicht, als die leuchtende Vitrine mit weit geöffneter Tür in Sicht kommt, kein Mensch drin, der Fahrer entrückt über die Bild am Sonntag gebeugt. Wir rein, und jeder zwei siebzig lockermachen, kurze Querele über den Zwanziger von Stepan, aber der zahlt kurzerhand gleich für die restlichen vier mit, Kleingeld und einen grünen Schein zieht der mürrische Mann am Steuer aus einer speckigen Börse, laßt mich weiterlesen, sagt sein Blick, und geht bloß ganz nach hinten durch. Keine Sorge, Mann, aber das Lesen kannst du vergessen, denn wir sind gut drauf. Die fünf ausgewachsenen Kerle benehmen sich wie eine ganze

Klasse Mittelstufler, grölen, lachen, rufen und streiten sich um die Rückbank.

«Laß die Schönheiten doch in die Reihe vor uns, der Fahrer will was anderes im Rückspiegel sehen als die glänzende Stirn vom Makro!» «Hol halt Peppone neben dich, dann fehlt es ja nicht an Haaren. So glotzt ihr auch nicht weiter Tommys Flamme auf den Hintern. Ihr Spanner, Simone würde ich niemals vor euch beiden herlaufen lassen.» Meine Güte, sind die wirklich hacke? Karl habe ich so noch nie erlebt. Seit wann geht er Sixtus derart an? Gelten die nicht als die Unzertrennlichen? Aber wer weiß, was in deren Karre während der Fahrt hierher gelaufen ist? Die Zone macht mich aggressiv, hat Tommy nach Dreilinden zwischen den Zähnen hervorgepreßt, um alles zu entschuldigen, was die beiden Stunden durch die DDR vergiftet hatte, und nicht einmal Makro war sich zu fein gewesen, sofort auf das gezwungene Versöhnungsangebot einzugehen: Was hier als erstes wegmüsse, sei das Tempolimit. Freie Fahrt für freie Bürger, hat Stepan noch mal aufgetrumpft, und da ist kein Hauch von Ironie zu hören gewesen.

So schaue ich jetzt Simone an, die mir als Verbündete im Auto gefehlt hat, und wir stimmen unser Irokesengelächter an, Kriegsgeheul gegen Jungsalbernheiten und Kinderkram. Und es klappt, Konditionierung seit dem Schulhof. Karl zieht seine Griffel von Simones Hüfte, Tommy rutscht ganz in die Ecke, Sixtus, Stepan und Makro krümmen sich in die beiden Bänke vor uns, wir bilden den strahlenden Mittelpunkt der Mannschaft. «Geht's auch etwas leiser?» herrscht es von ganz vorne, Papiergeraschel, genervtes Geächze, und dann röhrt der Motor auf, und er fährt ab.

Die Stadt ist still. Das war immer schon mein größtes Staunen in Berlin. Viel weniger Autos als in Köln oder Düsseldorf, heute allemal. «Die sind längst alle mittendrin», murrt Sixtus durch den hochgezogenen Kragen seines Anoraks, «wir werden gar nicht mehr auf den Platz draufkommen.» «Hast ja keine Ahnung», erwidert Tommy. «Wer will denn Stunden vor Mitternacht schon in der Kälte stehn?» «Na, die siegreichen Brüder und Schwestern. Die so heldenhaft ausgeharrt haben im kalten November.» Stepan hat ein falsches Pathos in seine Stimme gelegt, doch als Tommy ihm ernst zunickt und ohne jede Ironie ergänzt: «Kämpfernaturen eben, die auf offener Straße den Streit austragen», brummt er nur noch, irgendeine Melodie, die beide kennen, und da trällert mein Hübscher auch schon los: «In the clearing stands a boxer and a fighter by his trade and he carries the reminders of every glove that laid him down ...», und Stepan fällt scharf ein, eine halbe Oktave höher: «... or cut him til he cried out in his anger and his shame, I am leaving, I am leaving, but the fighter still remains.» Klingt wirklich ein bißchen wie diese beiden Knaben aus dem Central Park. Simone schaut mich an, schüttelt den Kopf.

Draußen dunkle Straßen, erst am untersten Ende vom Ku'damm, den es dann ganz hinaufgeht, wird's wieder heller, Adenauerplatz, Gedächtniskirche, weiter bis zur Potsdamer Straße, Potze, wie Onkel Joachim sie schmäht: Wenn du mal was vom Leben sehen willst, geht dahin, aber nicht nachts, sonst halten sie euch auch für Prostituierte. Das hatte er mir vor zwei Jahren gesagt, als ich nach dem Abi eine Woche mit Deborah zu Besuch bei ihm war, und wir hatten uns angesehen in unseren schicken Sachen und gelacht, er aber hatte insistiert: Ich mein das ernst, ihr kriegt Ärger mit den Angestammten. Und dann waren wir hingefahren und hatten uns die uniformierten Damen in den hochtaillierten Bodies angesehen, Schenkel bis zur Achsel und Ausschnitt bis zum Nabel, aber abends waren wir brav abgezogen, und nur in Debbies Phantasie hatten uns all die Freier hinterhergestarrt, als wir gingen, weil da die beiden schönsten Schwalben den Bordstein räumten. Flatterwesen waren wir, zwei Mädchen, die auf sich gestellt waren, freie Frauen in Berlin, und Makro hatte ich nicht einmal angerufen in dieser Woche, nur herzbemalte Postkarten geschickt, jeden Tag eine. Das waren Zeiten.

Jetzt taut Makro auf, als es auf meinen Zuruf endlich hinaus aus dem Bus geht und die Potze runter: «Ah, Madame übernimmt wieder das Kommando. Da fühle ich mich gleich sicherer, war ja unglaublich, wie ruhig du im Bus warst.» Madame? Das war eines unserer Wörter, und so wenig, wie ich es schätzen würde, wenn eine andere damit von ihm umgarnt würde, so unangebracht erscheint mir aber auch die weitere Anwendung auf mich. Er hätte das Wort aus seiner Sprache streichen müssen, doch so sind sie: Erfolgsrezepte werden gerne beibehalten, und sie denken nicht daran, daß wir auf Exklusivität beim Zärteln bestehen, nein, sie wissen es nicht einmal, bis man es ihnen sagt, und dann heißt es, war doch nur Scherz. Aber es gibt keinen Scherz in der Liebe. Und nach der Liebe erst recht nicht: «Madame mich nicht an!» Aber ich sage das freundlich, beinahe kokett, und Makro versteht: «Wie konnte ich nur? Mademoiselle natürlich. Verzeiht.» «Verziehen, mon chevalier.» «Ja, verzieh dich, Schavalier.» Oha, Tommy hat es in den falschen Hals gekriegt, das wird noch lustig heute abend. «Meine Herren, Sie sind doch nicht etwa eifersüchtig aufeinander? Bemühen Sie sich lieber um eine, für die es sich lohnt», rettet Simone die Situation, und Makro bietet ihr den rechten Arm an, denn an ihrem rechten ist schon Karl eingehakt, anderthalb Köpfe über ihr lachen sich die beiden zu, und zwischen ihnen holt Simone Schwung und läßt sich mehrfach hoch- und zurückschleudern, daß ihr schulterlanges Haar im Laternenlicht fliegt. Großes Hallo. Sie kann das, das Mädchen spielen, und Karl nimmt es nicht übel, er macht mit. Na, Tommy, schon mal so was gesehen? Dieser Mann ist sich seiner Sache sicher. So sicher, wie Simone sich ihrer Wirkung ist, und als sie losgelassen wird, beugt sie sich ein wenig vor und wirft ihren Kopf mit einem Ruck zurück, als stiege sie gerade aus dem Schwimmbekken, naß und nackt zeigt sie sich, obwohl sie ganz in dikkes Schwarzweiß gehüllt ist. Die Augen von Makro brauche ich nicht zu sehen, um zu wissen, wie er guckt, und Karls Besitzerstolz überstrahlt das Straßenlicht. Sie weiß, wie man es macht, und ich bin ziemlich neidisch.

«Wohin geht's eigentlich?» Ja, da stellt Sixtus eine gute Frage. Ich habe diese Straße überschätzt, dachte, es gibt hier auch im Winter was zu sehen, wollte die Jungs verunsichern, aber erst mal ist der Strich weiter oben, und dann sind die Damen wohl doch zu dieser frühen Nachtzeit lieber noch in ihren Zimmern. Wer will auch vor der großen Sause um zwölf noch rasch ein bißchen Beischlaf? Schnell an was anderes denken, sonst ziehst du Tommy in ein paar Minuten ins Gebüsch vom Kleistpark. «Nur weiter mir nach, ein Stück noch und dann rechts rein, Pallasstraße.» «Klingt nach griechischen Lokalen.» Mein

Hübscher hat wohl auch Hunger, der letzte gemeinsame Schokoriegel bei Magdeburg ist lange her, ich hatte ihn vom Fond aus gefüttert, und die Hälfte war in seinem Schoß gelandet. «Nee, keine Griechen, aber ein paar Restaurants und Kneipen hin zur Goltzstraße.» Jawohl, ich kenne mich aus, und als wir einbiegen in die Pallas, macht Sixtus prompt eine Bemerkung zum Wohnriegel quer über der Straße: «Na, das ist doch mal Großstadt. Nicht einfach nur lange Straßen, sondern dann auch noch so wenig Platz dran entlang, daß man obendrüber muß.» Danke, danke. Ein wenig Bewunderung für die touristischen Valeurs muß sein, wo es schon mit den Professionellen nicht geklappt hat.

«Wohnen nur Ausländer drin. Berlin ist nach Istanbul die größte türkische Stadt.» Mit dieser Auskunft hatte ich auf Stepan gezielt, der hier mit seiner Weisheit hätte glänzen können, aber daß Simone mir die Schau als Fremdenführerin stehlen will, kommt unerwartet: «Und Ankara oder Izmir?» fragt sie doch tatsächlich. Ach ja, der Sommerurlaub, meine Gefährtin ist weltläufig. Aber das kann ich testen: «Wieviel Einwohner haben die denn?» «Weiß ich doch nicht, aber sicher eine Million.» «Ich hab jedenfalls irgendwo gehört, daß es hier die zweitgrößte türkische Stadt ist, also haben die anderen weniger, oder Berlin hat auch mehr als eine Million Türken.» «Und das macht es schon zur türkischen Stadt?» Bingo, das ist endlich Stepan. «Für die Türken ganz sicher.» Sag was dagegen, kennst du Türken? Aber ich, die Berlinkundige mit jahrelanger Besuchserfahrung, ich nenne hier jede Straße und jeden Bewohner beim Vornamen. Nur, wo bleiben die Lokale? Alles finster in den Erdgeschossen, ausschließlich Läden und tiefe Eingänge, keine Leuchtreklame, dabei liegt der Riegel schon hinter uns. Doch, da: eine Bierreklame, Osteria Salute, aber die sieht nach nichts aus, außerdem Riesenlärm aus der Tür, das Ding ist garantiert proppevoll, also weiter, «Da kommt Besseres», aber wir laufen bis in die Goltzstraße, mehrere Lokale, ja, aber alle dicht oder reserviert für private Feiern, hoch bis zum Winterfeldplatz, um die Kirche herum, eine Bar hat noch gar nicht auf, und schließlich kommt Protest vom Allerwertesten zu meiner Rechten: «Mit Nüßchen kriegste mich jetzt sowieso nicht satt.» Nach zehn weiteren vergeblichen Minuten das Machtwort vom vernünftigen Karl: «Das Salute sah so übel gar nicht aus. Laßt uns zurückgehen und fragen, ob die noch Platz haben.» Diese Blamage! Ich hänge hinterher, und Tommy läßt mich hängen.

Gelbe Scheiben, durch halbhohe Gardinen verhängt. Das wird was sein. Aber sie streben hinein. Tür auf, Lärmlawine, verwinkelte Gaststube, Tresen umwuselt von Kellnern in Weiß, «Buona sera. Für sieben? Si, si, uno momento, signori.» Und schon rückt eine ganze Gesellschaft an den längs der Fenster zu langen Tafeln angeordneten Tischchen zusammen, und tatsächlich finden wir alle Platz, kopierte Karten mit dem Tagesmenü, «Nein, heute keine Auswahl, signorina, zu viele Gäste, zu wenig Zeit. Wollen Sie doch alle fertig sein bis zwölf Uhr, und wollen wir auch.» Kaum sitzen wir, fließt der Asti, «Für mich ein Bier!», die Jungs folgen Tommy nach, nur Simone und ich halten uns ans Pricklige. Schon ist Sixtus im Gespräch mit den Nachbarn, kein einziger Italiener im Lokal, alles Deutsche. «Entschuldigen Sie, wissen Sie, wie man im Moment am leichtesten zum Alexanderplatz kommt? Sind die Straßen nach drüben schon alle offen?» «Was wollen Sie am Alex?» «Na, feiern.» «Am Alex?» «Da wird doch wohl was los sein um Mitternacht.» «Kann sein, aber ich kenne niemanden, der da hingehen würde. Werden nur Ostler da sein.» «Das interessiert uns gerade. Deshalb sind wir hergekommen.» «Ethnologen?» «Nee, ausm Rheinland.» Zwei Scherzkekse unter sich, aber der Tisch grölt wirklich auf, und eine Frau ruft zu uns her: «Hallo, Landsleute!»

«Nehmen Sie am besten den Bus, der die Potsdamer hochfährt zum Reichstag. Linienverkehr nach Ostberlin ist noch nicht. An der Straße des 17. Juni vorm Brandenburger Tor aussteigen und rüber. Dort ist es noch am leichtesten, dann einfach geradeaus, Unter den Linden runter, das geht direkt zum Alex. Aber bleiben Sie lieber hier, die haben doch gar nix zu bieten. Am Brandenburger Tor wird's Feuerwerk geben.» «Auf der West- oder der Ostseite?» «Bei uns natürlich. Meinen Sie, die haben Lust auf Freudenfeuer? Denen geht doch der Arsch auf Grundeis. Und Raketen gab's da zu Silvester noch nie zu kaufen. Kam alles aus Polen, illegal, wissen Sie, wie Feuerwerk auf polnisch heißt? Feierwerki, aber die werden wohl dieses Jahr andere Sorgen haben, als die DDRler zu beliefern.» «Meinen Sie denn, daß von drüben viele zum Brandenburger Tor kommen werden?» «Wohin denn sonst? Die sind doch seit sieben Wochen nur noch bei uns. Ich sage Ihnen, am Ku'damm wird die Hölle los sein. Selbst hier dürfte mehr los sein als in Ostberlin. Hey!» Er ruft in den Raum: «Irgendwer aus Berlin, Hauptstadt der DDR, da?» Und ein Einzeltisch tiefer im Raum antwortet: «Hat sich was mit DDR.» «Wir sind Berliner.» «Aus Zehlendorf.»

Und schon ist der ganze Gastraum am Zuprosten und im Gespräch, mittendrin Sixtus, schließlich auch Karl und Stepan. Da kommt die Minestrone, danach Pasta, danach Tagliata, danach Tiramisu, danach ist es noch nicht mal zehn. Unglaublich, «Arrivederci», wir stehen schon wieder auf dem Bürgersteig: «Das war gut.» Ja, Karl, hab ich verstanden, ist ganz allein dein Verdienst, und überhaupt: Warum muß ich hier immer die Bescheidwisserin sein, die Fremdenführerin, die Chefin? Makro lächelt, der hat mir früher mal vorgeworfen, ich sei zu soldatisch, hat ihn dann trotzdem überrascht, als ich zum Exgefreiten gewechselt habe.

Der Bus kommt schnell, ist aber voll bis ins Obergeschoß hinein. «Das sag ich Ihnen lieber gleich: Werden Sie Geduld haben müssen. Weiter oben in der Potsdamer steht alles still. Die Leute fahren alle zum Brandenburger Tor.» Wir lösen trotzdem, quetschen uns dazu, Abfahrt, und tatsächlich nach wenigen Minuten Stillstand. «Das bringt nix, wir stehn noch um Mitternacht hier», mäkelt Tommy, «laßt uns aussteigen und rüberlaufen. Das ist doch simpel von hier aus.» Aber kein Ausstieg ohne Haltestelle: «Dann stolpern Sie aus der Tür, brechen sich den Knöchel, und ich bin dran, weil ich Sie hier rausgelassen habe.» Doch nach zehn Minuten wächst die Unruhe im Bus, von hinten drängeln Fahrgäste nach vorne, beschwören den Fahrer, Lärm vom Oberdeck, «Wir sind das Volk»-Gebrüll, da müssen etliche Betrunkene mit unterwegs sein. Eine Gruppe fängt an zu hüpfen, der Bus schwankt, einer hat schon einen roten Nothammer in der Hand. «Häng das sofort wieder hin!» «Erst machen Sie die Tür auf.» Und da zischt es, kühle Luft weht in den stikkigen Innenraum, und wir stürzen hinaus aufs Trottoir, fügen uns ein in den Strom der Menschen, Tüten voller Raketen haben sie im Arm, Kinder auf den Schultern oder in den Buggies, ein aufgedrehtes Eilen, eng umschlungen, um nicht getrennt zu werden, viele gehen auf der Straße, vorbei an den hupenden Wagen, die nicht vorwärts kommen, schon am zweiten Bus kommen wir vorbei, da sind die Türen noch zu, wir feuern die Insassen an, Tommy springt auf und ab, und tatsächlich fängt auch dieser Bus bald an zu wackeln.

«Wo geht ihr hin?» fragt Sixtus eine junge Frau. «Zum Brandenburger Tor. Da steht eine Großbildleinwand, das Fernsehen ist dort, alle wollen dahin.» «Wollen wir dann nicht lieber auch gleich dahin gehen?» Aber Tommy weist mich zurecht: «Ey, wir warn uns einig. Alexanderplatz, am Turm, mitten im Osten. Dafür sind wir hier, oder, Karl?» «Das war der Plan.» «Na also.» Da sind die beiden kompromißlos, unsere Alphamännchen, und weil Simone und ich treu sind, steht es mindestens vier gegen drei, da können Stepan und Sixtus noch soviel tuscheln, Makro hat nämlich gar keine Meinung: «Hauptsache, es ist was los.» «Natürlich wird da was los sein. Und danach in eine Ostkneipe, Ostbier saufen, feiern, Deutschlandlied singen.» Simone schaut mich an, Augenverdrehen, was für ein Proll an ihrer Seite, aber meiner springt Karl schon bei: «Ja, Brüderschaft trinken mit den Schwestern, Schwesternschaft mit den Brüdern. Und umgekehrt.» «Brüder zu Brüdern!» Was ist bloß mit Makro los? Der hat noch kein Bier intus und dreht schon richtig auf: «In die Homotreffs im Osten! Denen zeigen wir, was wir für Kerle sind. Schwule schwarze Gayneger!» «Hey, Matthias, mach mal halblang!» «Ho, Madame spricht mit mir. Wollen Sie mich umdrehen, Madame? Zur Frau bekehren? Aber da ist nichts mehr zu machen.» Sagt's und schmeißt sich Stepan an den Hals, drückt ihm einen Kuß auf die Lippen, «Peppone, mon amour!», und auch der breitet die Arme aus: «Matisse!» und hat die Zunge schon im Hals von Makro, die Leute um uns gucken blöd, und ich ziehe Tommy weiter, bevor er auf die Idee kommt, mitzuspielen.

Inzwischen laufen wir fast, auch auf der Straße, zwischen den Autoreihen durch. Ein paar der Fahrer lassen ihre Kisten einfach stehen und schließen sich den marschierenden Massen an, einer hat immerhin das Warnblinklicht angemacht. Hier geht wirklich gar nichts mehr, noch mehr leere Wagen und aus der Ferne ein Gemurmel, das anschwillt, ein nervöses Zischeln wie von einer entzündeten Lunte, doch kein befreiender Schlag, es siedet noch, ohne zu brodeln, und da kommt der Platz vor dem Brandenburger Tor, fast halb elf, und eine unglaubliche Bewegung rund um das Tor, Stimmengewirr, doch davor ist noch eine Fläche frei, ein unsichtbar abgesteckter Halbkreis: der Grenzverlauf, und in dieser Freifläche patrouillieren Vopos, staksig, Hände auf dem Rücken, als wären sie gefesselt, eingekesselt von den Menschen in Zivil. Doch die Leute sehen gar nicht hin, flanieren durch das Tor und zurück, nur ist da die seltsame Leere davor, und ich gucke durch die Säulen hinüber: Auf der anderen Seite ist nichts, da läuft kaum jemand, wo sind die alle, die Ostberliner? Wirklich am Ku'damm?

Die Mauer ist weg. Wir werden um den Halbkreis herumgeschoben und oberhalb des Tors auf die andere Seite gedrückt. «DDR!» Tommy wirft sich auf den Boden und küßt ihn. «Spinnst du?» Das habe ich ihn heute schon mal gefragt. Aber Stepan zieht ihn hoch: «Laßt mich Eurer Heiligkeit aufhelfen. Daß Ihr das in Eurem Alter noch erleben dürft, den Niedergang des teuflischen bolschewistischen Systems. Przepraszam państwo, meine Damen und Herren, liebe Wilde, darf ich vorstellen: Papst Thomas der Ungläubige. Er hat die Mauer per Gebet beseitigt, und jetzt küßt er euch den Weg in den goldenen Westen sauber.» Beifall, Gelächter, Tommy stupst ihn mit der Faust ans Kinn, Stepan zieht eine Grimasse, schlingt ihm die Arme um den Hals. Wir sind im Osten. Alle sieben, und selbst Simone hat so ein seltsames Glitzern in den Augen. Hinterm Tor ist tatsächlich alles leer, aber vom Rand der weiten Freifläche her kommen uns viele entgegen, die wollen tatsächlich alle in den Westen. Wir gehen in die Mitte, Blick hoch zur Quadriga, über der noch die Fahne hängt, dann durchs Tor hindurch, von Osten nach Westen. «Das hat vor zwei Wochen noch niemand gekonnt!» Und irgendwie hat er auch recht mit seinem Pathos, da kribbelt etwas. Als wir wieder ins grelle Licht treten, mit dem das Tor ausgeleuchtet wird, finden wir uns plötzlich in dem freien Halbkreis wieder, links und rechts ein paar Uniformträger, und wir gehen weiter, vielleicht zwölf Meter, wo noch mehr Volkspolizei herumwandert. Da ist eine Linie auf dem Boden, keine Mauer mehr, aber eine Markierung, kaum zwanzig Zentimeter breit, und ich tippe mit der Fußspitze hinüber, stehe gleichzeitig in Ost und West.

«Sie da! Sind Sie noch ganz gescheit?» Der Vopo neben mir hat mich am Arm gepackt, reißt mich herum und trötet mir direkt ins Gesicht: «Das ist eine Staatsgrenze!» Von überall her ohrenbetäubendes Gebrüll: «Weg da!» «Was bilden Sie sich ein?» «Dafür kann ich Sie festnehmen!» Vier stehen schon um mich herum, und jenseits der Linie, ein paar Meter weiter, staunende Gesichter. «Was haben Sie sich dabei gedacht?» Tommy ist jetzt endlich da, ich dachte schon, der verdrückt sich, geht einfach weiter brav die Markierung entlang, als habe er nichts gehört, als würde er mich nicht kennen, aber da ist er und sagt: «Das war ein Versehen.» «Gefährliches Versehen. Ist das Ihre Frau?» «Hören Sie mal», jetzt komme ich wieder zu mir, «ich gehöre niemandem.» «Wir sind aus West-Berlin.» «Meinen Sie, das entschuldigt etwas? Sie sind hier auf dem Staatsgebiet der DDR.» «Und wie lange noch?» Der Vopo schaut mich an, als wollte er mir eine reinhauen, seine Augen sagen Schlampe, aber er bleibt kühl, läßt jetzt auch meinen Arm los, und ein Kollege wird formell: «Zeigen Sie mal Ihren Ausweis.» Bebend vor Wut krame ich ihn hervor, Tommy hält seinen schon willfährig hin, fügsamer Untertan, hat dich jemand danach gefragt? Beide werden eingehend studiert, dann kurze Verständigung unseres kleinen Wachtrupps über Blickkontakt, Umdrehen in Richtung Tor, da steht wohl der Vorgesetzte, der sich zu fein ist, sich mit ausgeflippten Westlern abzugeben: «Na, dann wollen wir mal nicht so sein.» Grenzübergreifender Gnadenerweis, in der Wortwahl wahrscheinlich aus dem Dritten Reich herübergerettet, wir sind ja gar nicht so, wir Gestapoleute, aber wir könnten so sein, wie Sie glauben, daß wir sind. «Ist ja ein besonderer Tag heute für Sie.» Das ist aber mal eine interessante Betonung. «Gehen Sie bitte» – oh, es wird höflich – «zurück. Hier können Sie nicht durch.» Das ist doch ein Witz, hier ist doch nur die aufgemalte Linie. Ich kann mir vorstellen, wie in der Nacht kurz vor Weihnachten, nachdem Kranwagen und Bulldozer die schon von den Mauerspechten durchpickten Betonmodule abgeräumt hatten, diese kostümierten Zwetschken mit einem Eimer Farbe ausgeschwärmt sind, um ihre Existenzberechtigung zu sichern. Leute so lange weiterschikanieren, bis dieses Scheißland zusammenklappt. Staatsgrenze? Eine lächerlichere habe ich noch nie gesehen. Wo waren denn die Grenzkontrollen, als wir vor zehn Minuten einfach hinübergeschoben wurden? Was war denn mit dem Zwangsumtausch?

«Danke, wir wollen ohnehin zum Alexanderplatz.» Dafür kriegt Tommy einen Tritt gegens Schienbein, und wo sind eigentlich die anderen? Sie stehen zwischen Tor und Staatsgrenze, ziemlich ernst, wie ja überhaupt niemand den Vopo und seine Kompagnons einfach weggelacht hat, und warten, daß wir aus der Gefangenschaft entlassen werden. «Ihr hättet ruhig auch ein Wort sagen können», rufe ich Karl entgegen, dem großen Karl, aber eigentlich meine ich Simone, mit der ich mich so einig glaubte. «Das war ziemlich daneben, was du gemacht hast.» Wie bitte, Karl? Was heißt hier daneben? «Jeder konnte sehen, daß es verboten war, da rüberzugehen. Oder was glaubst du, warum es niemand gemacht hat?» «Und weil niemand sonst es macht, darf ich auch nicht.» «Genau, noch ist das leider verboten.» Toll argumentiert. Ohne ein weiteres Wort stiefele ich zwischen ihnen durch, in den Torschatten hinein, rempele ein paar Langweiler aus dem Weg und spüre dann doch zwei Hände auf den Schultern: «Komm mal her.» Doch das ist weder mein Tommy noch Makro, noch Simone, das ist Sixtus, und fast fühlt es sich so an, als wollte der mich umarmen, aber er hält mich mit ausgestreckten Armen auf Distanz, schaut mir gerade in die Augen und sagt: «Das war klasse, weil du die ganze Kulisse eingerissen hast, und ich wette, daß noch in dieser Nacht ein paar tausend Leute das tun werden, was du gemacht hast, und dann werden die Vopos an dich denken. Und sich schämen.» Geht doch, gibt noch nette Jungs.

5.

Wie der staunt.

Das tut mir gut. Wir auf dem Alexanderplatz, Viertel nach elf, und außer uns kein Mensch. Tommy ist fassungslos, Stepan jubiliert: «Habe ich dir doch gesagt», und das stimmt, vor allem in der letzten Viertelstunde, als wir im Eilschritt an der Staatsbibliothek, dem Palast der Republik und schließlich an Sakko und Manschetti vorbeimarschiert sind. «Lebendiger als hier», hatte Stepan mit einem munteren Nicken in Richtung Standbild gesagt, «wird's da vorne auch nicht sein. Wo sollen denn noch Leute herkommen? Da vorne ist alles frei. Oder glaubst du, die füllen den Stiel vom Turm und kommen Schlag zwölf alle rausgepurzelt, um dich zu empfangen: Hallo, weißer Mann aus dem reichen Westen. Willkommen im Dorf der unterentwickelten Rothäute?» Bye bye Tost. Ödnis. Dunkel. Und das kurz vor Ultimo. Schadenfreude auf der einen, Horror auf der anderen Seite: Einsam werden wir Silvester verbringen. Aber niemand wird hierbleiben wollen, denn woran soll man sich dann erinnern in achtzehn Jahren? Ans Rechthaben? Also umdrehen und jetzt fast im Laufschritt zurück, sich anschließen den letzten Verspäteten, die Richtung Linden und Brandenburger Tor ziehen. Und kaum sind wir auf der Höhe des Doms, quillt es aus den Nebenstraßen. Sie alle müssen die Weite des Platzes, von dem wir kommen, gemieden haben, sich nicht getraut, die stille Fläche, ihre zubetonierte Mitte, zu überqueren.

«Würdest du denn», fragt Sixtus, als aus dem Lustgarten ganze Kohorten von erwartungsfrohen Menschen einbiegen, «feiern gehen an den Ort, wo deine Regierung, die du gerade überrannt hast, jahrzehntelang Aufmärsche durchführen ließ? Ist doch klar, daß hier außer Honecker und Krenz niemand zu erwarten war, und selbst die sind jetzt wahrscheinlich schon da vorne, im Westen. Warum sollten sie sich mit den alten Symbolen langweilen?» «Und die Kundgebung der Intellektuellen, die Hunderttausende vom 4. November?» Tommy trauert noch seinem Traum vom Jahreswechsel am Ort des Ideologiewechsels hinterher. «Die vergiß lieber. Das waren die letzten Mohikaner des Regimes, Reformkräfte, wo doch schon Revolution lief. Die werden sich nicht gern erinnern wollen an diesen Tag und also auch nicht an diesen Platz.» Das kann Stepan nun doch nicht auf der DDR sitzen lassen: «Hör mal, das ist ziemlicher Nonsens, den du jetzt erzählst. Die Leute sind deshalb nicht da, weil sie längst gesehen haben, wie verkehrt die Sache läuft. Alles läuft jetzt auf einen Ausverkauf an den Westen hinaus. Kaum winken hundert D-Mark Begrüßungsgeld, sind die guten Vorsätze vergessen.» «Also bleiben die guten DDR-Bürger heute vor dem Fernseher und schauen Aktuelle Kamera, während alle, die wir hier sehen, die eingeschleusten und CIA-finanzierten konterrevolutionären Kräfte sind, denen wir den Schlamassel der Maueröffnung zu verdanken haben? Verstehe ich das richtig? Die müssen dann aber mindestens die halbe Bevölkerung gekauft haben, wenn ich sehe, wie es da vorne wogt.» Und das stimmt auch, die

Straße füllt sich immer mehr. Was vor einer halben Stunde noch ein großzügiges Aufmarschfeld war, über das sich die Leute zur Grenze hin und darüber hinaus bewegten, ist jetzt voller Menschen. Und vom Pariser Platz her ist ein buntes Schwirren in der Luft, wo eben noch die andachtsvolle Prozession ums Tor herum stattfand.

«Die nehmen die Sache aber munter vorweg», ruft Simone, Lichtfontänen züngeln in den Nachthimmel, all die Raketen, die über die Potsdamer Straße herbeigeschleppt wurden, werden jetzt hinter dem Brandenburger Tor entzündet, gehen als ganze Katarakte von farbigen Konfettifunken nieder, und das Konzert der kleinen Explosionen und das Prasseln der Vulkane addieren sich zur ohrenbetäubenden Kakophonie eines Feuersturms, der die Nacht zur Glitzerkulisse macht. «Da kommen wir nie mehr durch», ruft Karl, dabei sind es nur zweihundert Meter bis zur Grenze, «wir bleiben besser hier. Das ist dann immerhin Osten.» Ein paar Umstehende drehen sich um, mustern uns, lachen: «Was heißt hier ‹immerhin Osten›?» «Woher seid ihr?» «Hey, die ersten Bundesbürger meines Lebens!» Da blüht Tommy auf, reißt eine Flasche Champagner aus seinem Rucksack und brüllt: «Auf das Jahr 89! Solang es noch geht. Das Jahr, von dem keiner zu träumen gewagt hätte.» Da schämt man sich doch für den Mann, den man liebt, und möchte schreiend weglaufen. Obwohl, wohin? Hinter uns hat sich die Menschenwand in Sekundenschnelle genauso geschlossen wie vor uns.

Der Korken knallt, unser Beitrag zu den Flug- und Lärmexzessen. Flasche an den Mund, und schon greift Tommys linker Arm nach mir, zieht mich an sich, «Auf uns», und setzt mir die Mündung an die Lippen. «Laß mich mal selbst», ich drücke die Flasche nach unten, damit der Inhalt sich nicht über mich ergießt. Mensch, ist der ungeschickt. Aber jetzt ist nicht der rechte Zeitpunkt für Schelte, nicht in aller Öffentlichkeit, nicht in diesem Moment, ein paar Minuten vor dem Augenblick, auf den er sich tagelang gefreut hat, für den er uns alle eingesammelt hat, damit wir ihn gemeinsam erleben. Und sind wir nicht seinem Ideal doch ganz nahe gekommen, eingekeilt zwischen Ostberlinern in Ostberlin, wie wir sind? Fast brandet etwas wie Stolz in mir auf, ein tiefer Schluck, dann die Flasche weiter zu Simone, die, von Karl gehalten, auf den Zehenspitzen steht, weil sie über das erstarrte Menschenmeer hinweg die Feuerkettenszenerie sehen will. Selbst auf dem Brandenburger Tor stehen jetzt Leute, über ein an der rechten Seite angebrachtes Stahlgerüst sind sie hinaufgeklettert, an dem eine große Leinwand hängt, auf der irgendein Fernsehprogramm läuft, das wieder den Platz von weiter hinten zeigt. Dutzende sind unterwegs nach oben oder bereits da, auf der Plattform, winken herab, klettern auf die Quadriga, die DDR-Fahne fehlt schon, zwei Pferde sind besetzt, auf eines davon rückt gerade ein zweiter nach, winzig sieht er aus auf dem breiten Bronzerücken, und dahinter explodiert der Himmel.

Es muß zwölf sein, ein Aufjohlen um uns herum, Makro schnappt sich die Flasche, reißt mich an sich, drückt mir einen schnellen Kuß auf die Wange, grinst und läßt Tommy in den Genuß einer kleinen Schampusdusche kommen. Sixtus springt, als sollte wieder eine Busladung zum aktiven Widerstand animiert werden, und sogar Stepan hat die Arme hochgerissen, Faust zum Tor, «Prosit Neujahr!», Simone sitzt mit einer anderen Flasche in der Hand auf Karls Schultern, ihr Untermann tanzt, und nun hievt Tommy auch mich hoch, ich sträube mich, habe Angst, dabei keine gute Figur zu machen, aber was soll's, Sixtus drückt von unten nach, und als ich in Schieflage gerate und abrutsche, kommt ein Dutzend weiterer Hände, die mich auffangen, neu anschieben, einer zieht meinen Knöchel über Tommys Kopf auf die richtige Seite, ich schwebe waagrecht in der Luft, dann stützt mich eine Armee aus Armen von hinten, und ich sitze auf, ein Jauchzen, himmelhoch, über und vor und neben und hinter mir, Licht überall, Wintermeteore, bunt, und das bin ich, die da schreit. Wann hab ich je so gejubelt?

Stepan hat einen Typen umarmt, Makro und Sixtus halten die Stirnen aneinander, Simone und ich sind hoch über der Masse, sie lacht herüber, doch schon tauchen neben uns weitere Körper auf, von ihren Geliebten hochgewuchtet, ein Klirren, von hinten hat jemand seine gegen meine Flasche geschlagen, wie habe ich die überhaupt wieder in die Hand bekommen? Ich schaue mich um, und da tänzelt eine etwa Vierzigjährige auf mich zu, zwischen deren Beinen ein glattrasiertes grinsendes Gesicht leuchtet, Glück total, Ekstase, die beiden Hände ihres Trägers ruhen nicht mehr auf ihren Schenkeln, sondern fuchteln einladend, als wollte dieser Atlas sich noch mehr aufbürden, ganze Welten stemmen. Er ist einen Kopf größer als Tommy, aber die Frau auf ihm muß kleiner sein als ich, denn wir begegnen uns auf Augenhöhe. «Mensch, Keule», brüllt sie mich an, «uns geht es gut!» Und wieder die Flaschen aneinander, ein tiefer Schluck, während unsere Männer schwanken, und jetzt greifen die Umstehenden zu, als hätten sie sich abgesprochen, fassen in die Jacken und an die Arme und drehen Tommy und ihren Kerl herum, wir sind große Brummkreisel, kreischen und heulen auf, lachen, lachen, lachen, im Taumel sehe ich Karls Versuche, es uns gleichzutun, aber er hat keine Helfer, die ihn beschleunigen und stützen, ich habe längst das Gleichgewicht verloren, schlage vor und zurück, doch immer wieder fängt mich jemand von unten auf, stößt mich hoch, und das ist noch nichts gegen die Kleine gegenüber, die mehrfach fast abgestürzt wäre, weil sie zu hoch sitzt, als daß man sie rechtzeitig stabilisieren könnte. Doch jedesmal wuchtet die Menge sie neu empor, einmal sogar rittlings vor das Gesicht ihres Mannes, und der prustet so laut in ihren Schritt, daß es über all das Geschrei und Geknalle hinaus zu hören ist, dann ist sie schon wieder abgerutscht und wird abermals richtig auf seinen Schultern installiert. Das alles in immerwährender Drehung. Schwindel, Gestampfe unter mir, Tommy stolpert, fängt sich jedoch wieder, Sixtus greift hoch, zieht mich zur Seite, mein Fuß trifft irgendwen ins Gesicht, was kümmert's mich, dann falle ich, Tommy und Sixtus machen sich einen Spaß daraus, jeweils einen meiner Füße zu ergreifen und mich kopfüber hängen zu lassen, meine Haare streicheln das Pflaster des Pariser Platzes, und die Welt steht ihrerseits kopf.

Ich liege auf dem Rücken, zwei fröhliche Gesichter über mir, die meine Beine auf den Boden runterlassen wollen, aber da ist kein Platz, hundert andere fröhliche Gesichter um diese beiden herum, bekannte darunter, Karl, Simone, Makro, Stepan, die kleine Frau, ihr Riesentyp. Er ist es, der mich hochzieht, aber stehen ist jetzt noch nicht, also falle ich Tommy um den Hals, und meine Partnerin vom wilden Rundtanz jauchzt: «Das war schau. Komm her, Mädel, laß dich drücken.» Schon ist sie da, hängt sich an mich, aber für zwei von uns Aufgewühlten hat mein Liebster zu wenig Kraft, und so fallen wir zu dritt um, haltlos grölend und fuchtelnd, plötzlich zerbricht Glas, ich muß die Flasche losgelassen haben, die ich bis zuletzt umklammert hielt, oder war sie mir schon längst abgenommen worden? Dann stehen wir wieder auf den Füßen, Makro rüttelt mich: «Bist du klar?» Was soll die Frage? «Alles ist klar!» Nebenan schüttelt der Riese die Hände von Tommy und Stepan. Seine Frau hält mir ihre hin: «Ich bin Marlene, das ist mein Norbert.»

Jetzt schließt sich die Lücke, die unser Kollaps gerissen hat, ich werde gegen Marlene geschoben, die mir tatsächlich kaum bis zur Achsel reicht. «Kannst du atmen da unten?» Das ist typisch Stepan, doch diesmal soll es kein Witz sein, er muß denken, daß wir ohnmächtig geworden sind, denn er umfaßt Marlenes Hintern und hebt sie hoch in die Arme ihres Norbert. Macht Stepan nur im Notfall, eine Frau so anfassen. Große Worte, aber ein ganz Scheuer, das hat mir Tommy mal erklärt, einer, der selbst die Umarmung seiner Mutter bei Begrüßung oder Abschied nur mit Widerwillen duldet, der braucht endlich mal ne Frau, hat Tommy gesagt, aber dann gezwinkert und nachgeschoben. Kein Mitleid, bitte. Da waren die beiden schon nicht mehr on speaking terms, und bis heute habe ich nicht gewußt, ob das nicht reine Bosheit von Tommy war, aber als ich Stepan jetzt sehe, wie er Marlene übergibt, merke ich, daß sie wirklich nicht zu ihm paßt, diese Nähe.

«Was habt ihr da?» Norberts Stimme ist nicht der Baß, den ich erwartet hätte, sondern ein hohles Vergluckern, als wäre sein Adamsapfel Echoraum für ein nie ganz zum Stimmbruch gelangtes Falsett. Er meint die Flasche, die Tommy gerade herauszieht: «Champagner. Willste mal?» «Dann aber Revanche», kommt es von links, da steht ein Dicker in brauner Strickjacke, zwei Tüten in der Hand, aus einer davon holt er sein Tauschangebot: «Bulgarischer Sekt.» «Und Rotkäppchen», springt ein dürrer Mann mit dünnem Oberlippenbart dem fülligen Kollegen bei und greift in den anderen Beutel. Die gehören also zusammen, offenbar setzt allmählich mein Denken wieder ein, schon sind die drei Korken raus, und reihum gehen die Flaschen. «Auf uns.» «Auf die beiden Deutschlands.» «Wir sind ein Volk.» «Haha.» «Auf die Ungarn, ohne die wär das alles nix geworden.» «Und auf Rumänien.» «Auf China, die müssen es noch mal versuchen.» «In diesem Jahr wird's schon klappen.» «1990, du geiles Jahr.» Die Plörre aus Bulgarien ist lauwarm, wie haben die das nur hinbekommen? Es ist doch nahe null Grad hier draußen. Aber der Rotkäppchen-Sekt schmeckt lecker. Norbert hat die Champagnerflasche am Hals: «Gut, das Zeug, das muß man sagen.» «Erstes Mal für dich, so 'n Schampus?» Tommy kann es nicht lassen, er braucht die Nacht so, wie er sie sich zurechtgelegt hat: er als Getränkemissionar bei den unaufgeklärten Ostlern. «Nee, laß mal, wir haben hier mehr, als du denkst. Aber bei dir? Erstes Mal bulgarische Chemie?» «Aber hallo! Was für ein Fusel. Kein Wunder, daß ihr Revolution gemacht habt.» «Auf die Montagsdemos!» Dieser Ausruf von Makro bewirkt ein kleines Zukken in den Augenwinkeln von Marlene, die zuletzt wie tot an Norberts Arm hing, doch der Dicke und der Dünne nehmen ihn auf: «Hoch lebe Leipzig.»

Immer noch zerplatzt die Luft in tausend Farben. Das Schwärmen, Schwirren, Funkeln, Knattern, Sirren kennt kein Ende. Buntes Mosaik vor Nachtschwarz. Auf der Quadriga tanzen zwei. «Mann, wenn die runterfallen!» Sieh an, Simone ist auch noch da. Und Karl, ihr Beschützer: «Da passiert nichts. Schau nur, wie viele inzwischen auf dem Tor stehen. Die fallen weich.» «Was ist jetzt mit der Staatsgrenze?» Ja, was ist damit? Unübersehbares Meer aus Köpfen, und darin keine Uniformmütze mehr erkennbar. «Pfeift doch auf die Grenze!» Norbert ist mein Mann, den hätten wir vorhin dabeihaben sollen, dann hätten sich die Vopos umgeschaut. «Ihr werdet sehen, das geht jetzt ganz schnell. In einem halben Jahr können wir auch Champagner kaufen, weil wir dann in einem Staat leben.» «Und was ist das für 'n Gefühl für dich?» Norbert ist noch cooler als erwartet: «Dasselbe wie für dich, schätze ich. Unsere Länder werden jeweils größer. Mehr ist da nicht.» «Aber wenn ihr auf Marktwirtschaft umstellen müßt?» «Das ist ja noch gar nicht gesagt, wie die Transformation aussehen wird. Da bleibt vielleicht mehr übrig, als mancher heute vermuten würde. Es ist leichter, von oben her Entscheidungen zu treffen, die den Zusammenschluß ermöglichen, als wenn jeder Betrieb sein eigenes Süppchen kocht. Also wird es ohne Planwirtschaft gar nicht gehen. Und wenn sich das erst einmal bewährt, wird man dabei bleiben.» Norbert ist ins Dozieren geraten, beifälliges Nikken in der Runde, Stepan lobt laut: «Darauf noch einen Schluck.» Und wieder kreist die Flasche, eine neue wird entkorkt, jetzt trinkt niemand mehr Ostware.

Von jenseits des Tors wird das nervöse Rauschen der Stimmen durch Musik übertönt, langsam flaut das Lichtspektakel etwas ab, Blick auf die Uhr, zwanzig nach zwölf, ein Kanonenschlag geht hoch, Aufheulen der Menge, Schockwellen, konzentrisch zurückschreckende Kreise. «Die ticken wohl nicht richtig!» brüllt Karl. «Der wurde von oben geworfen, ich hab's genau gesehen», Makro zeigt hoch aufs Tor, wo jetzt am Rand einer enthemmt gestikuliert. Die Plattform ist voll, das müssen mittlerweile Hunderte sein, die da herumturnen. «Den hält keiner, wenn er stürzt.» «Sind die da alle über das Gerüst hochgekommen? Das werden ja immer mehr. Wo bleibt die Polizei?» «Laß mal, Lene, das wäre doch sinnlos.» «Aber wenn da wirklich einer runterfällt?» «Dann hat er sich das selbst zuzuschreiben. Das ist die neue Eigenverantwortung, und es kann nicht schaden, wenn sich deren Risiken auch mal zeigen.» Täusche ich mich, oder hat Norbert jetzt einen kalten Ton in der Stimme? Dabei werden wir immer lauter, wie viele Flaschen in unserer Runde unterwegs sind, kann ich kaum noch übersehen. Sixtus hat sogar einen Flachmann am Mund, wo kommt jetzt der her? Er geht an den Dicken zurück. Puh, etwas, was der in der Tasche hatte, würde ich nicht ohne Handschuhe anfassen, und prompt wandert sein Silberstück rechtsherum über den Dünnen, Marlene, Norbert, Tommy zu mir. Alle trinken, also doch auch ich. Brrr, zum Feuerwerk Feuerwasser. Die Flüssigkeit heizt den Gaumen binnen Sekundenbruchteilen auf Herdtemperaturen, in der Kehle herrscht Großbrand. Tränen schießen mir in die Augen, und Marlene kreischt auf: «Rachenputzer, Mädel!» Simone winkt den Flachmann direkt durch, und auch Karl klinkt sich aus, aber Makro, Stepan, dann noch mal Sixtus lassen sich nicht lange bitten, und als der Dicke wieder in den Besitz seines Schmuckstücks kommt, dreht er es demonstrativ mit der Öffnung nach unten: «Halleluja, könnt ihr trinken.»

«Zusammen können wir alles erreichen.» Tommys Stimme kippt jetzt. Er versucht, Norbert einen Arm um die Schulter zu legen, aber das sieht bizarr aus, Makro kann es nicht lassen und ätzt: «Man sieht ganz deutlich, welches Deutschland zu welchem aufschauen muß.» Doch Tommy lacht bloß: «Wo kommt'n ihr her?» «Berlin natürlich. Pankow, genauer gesagt. Und ihr?» «Wir sind ganz ausm Westen. Extra hergekommen, um hier zu feiern.» «Geht's auch etwas genauer?» «Kennst du nicht, das Kaff, wo wir herkommen. Da ist es jetzt zappenduster, sturzbetrunken stehn sie alle auf dem Dorfplatz, und selbst die Lichter, die sonst den Kirchturm anstrahlen, sind aus. In der einzigen Nacht im Jahr, wo mal was los ist!» «Ist das bei euch so richtig auf dem Land?» Tommy schaut Marlene an mit einem Blick, der bereits mehrfach gebrochen ist, vermutlich kann er ihr gleichzeitig ins Gesicht und auf die Brüste schielen, mein Liebster hat entschieden zu viel Sekt im Blut. «Riechste nicht die Gülle an uns?» Und reißt den Mund weit auf, schiebt sich an Norbert vorbei und drückt Marlene einen Kuß auf den Mund. Beide lachen, ich lache nicht. «Die Wiedervereinigung naht!» Das war Stepan. Wie reagiert der Riese, wenn sich jemand an seine Frau ranmacht? Aber Norbert sieht gar nicht hin, wendet sich Stepan zu, und zwei Flaschen klirren aneinander: «Los, darauf trinken wir!» Er brüllt es dröhnend in die Nacht.

Um uns ist ein Korridor entstanden, der Platz atmet aus, die Leute meiden die gellende Gruppe, gerade schmeißt der Dünne eine leere Pulle auf den Boden, sie schlägt auf, kreiselt noch einmal und kullert dann auf Karl zu. «He, was soll das?» Simone ist pure Empörung, ihre Augen blitzen, der Dünne schreckt zurück: «Entschuldigung, war keine Absicht.» «Du bist doch bescheuert.» Auf einmal ist Gift in der Mitte, Karl flüstert ihr etwas ins Ohr, Tommy will vermitteln: «War doch nur Spaß. Scherben bringen Glück.» «Und wo sind deine Scherben?» Simone tritt gegen die Flasche, daß sie auf Tommy zurollt: «Glaubst du, der Penner hat auch nur hingesehen, wohin er sie schmeißt?» Der Dünne duckt sich noch tiefer weg, verkriecht sich hinter dem Dicken, na, die scheinen ja von der mutigen Truppe zu sein. Marlene starrt Simone erschrocken an, solche Töne gegenüber einem Kumpel von Norbert. Doch der zuckt nicht mit der Wimper, und plötzlich merke ich, daß wir alle Norbert ansehen, als wäre er ein entzündeter Feuerwerkskörper, der jeden Moment hochgehen kann. Karl hat die Fäuste schon geballt und ist leicht vor Simone gerückt, Tommy ist wieder ganz bei mir und hat damit einen Kordon zwischen Ost und West geschaffen, aber dann ist es Makro, dessen Intervention den heiklen Augenblick beendet und uns wieder in eine feuchtfröhliche Truppe verwandelt: «He, Leute, es war doch nur eine Flasche!» Der Dünne ist jetzt vollständig verschwunden hinter dem Dicken, und Simone quäkt noch einmal «Das kannst du wohl sagen» in seine Richtung. «Laßt uns einfach eine neue aufmachen.» Makro kramt in seinem Rucksack, doch nur Sixtus hat noch eine parat, und wenn die leer ist, werden wir uns ernsthaft überlegen müssen, wie wir unseren Zusammenhalt hier festigen können.

«Nein danke, ich nehme nichts mehr.» Und Karl schließt sich an: «Wo geht's denn jetzt hin?» Das kann nur mir gelten, ach, jetzt bin ich plötzlich wieder gefragt? «Ich dachte, wir nehmen einen Bus zur Gedächtniskirche und schauen, was da läuft.» «Bus, ja?» Sixtus fängt sofort wieder an zu hüpfen, und Makro lacht vor Freude auf. «Wir wollten doch im Osten feiern. Gibt's denn hier was, wo man noch hingehen kann, tanzen oder so?» Tommy versucht, die Reihen wieder zu schließen. «Da fragst du den Falschen», schmunzelt Norbert, «wir sind dann doch ein wenig zu lange im Geschäft, um zu wissen, wo nach Mitternacht noch geschwoft wird.» «Aber wie wär's», schau mal an, der Dünne ist wieder in der Runde, «wenn ihr mit zu uns kommt? Wir wollten doch sowieso noch zu Hause weitermachen, Bert, da könnten die doch dazukommen.» Wenn ich Tommy je strahlender gesehen habe als jetzt, muß es mir die Erinnerung daran ausgebrannt haben. Plötzlich verstehe ich, was Feuer und Flamme sein wirklich meint: «Geile Idee! Jungs», das umfaßt gnädig auch mich und Simone, «wir gehn mit.» Da ist er sofort Wortführer, Anführer, Verführer, denn dieses Angebot macht die Schlappe vom Alexanderplatz vergessen, läßt seinen Traum doch noch wahr werden, wie dieser Neujahrstag zu sein hat: Verbrüderung zwischen Ost und West, und jetzt sind wir auf dem Gipfel, geladen in eine echte DDR-Wohnung. Wieder richten sich alle Blicke auf Norbert, ohne dessen Plazet geht hier nichts, und er zögert keine Sekunde.

«Na, das ist mal ein Vorschlag. Klar.» Ein Pro-forma-

Blick zu Marlene: «Oder haben wir nicht genug da für die große Gesellschaft, Mütterchen?» «Du, das geht», sagt die mit treuen Augen, «morgen kommen doch sowieso meine Brüder, es ist reichlich da.» «Dann essen wir denen jetzt alles weg. Heute nacht werden andere Brüder bewirtet. Familie mit längerer Anreise.» Dröhnendes Gelächter unserer beiden Chefs, «Du bist schwer in Ordnung», Norbert schlägt in Tommys Hand ein, der Pakt ist ausgehandelt für uns alle, selbst Stepan schweigt. Aber Simone hat dem Dünnen nicht verziehen: «Ist das weit, bis zu euch?» «Wir nehmen die U-Bahn, die fährt heute nacht noch, das dauert kaum ein halbes Stündchen.» «Ihr werdet sehen, wir haben es schön.» Marlene hat früher als ihr Mann verstanden, daß Simones Frage Fundamentalprotest ist. Keine Sache des Weges, eher eine des Dünnen, vielleicht auch eine der Amtsanmaßung Tommys, der sich als Gruppenleiter aufspielt. «Ja, aber wir wollten doch noch tanzen.» «Stimmt», Karl schlägt sich auf die Seite der Opposition, alles aus Liebe, und damit kann ich leider nicht mehr ausscheren, denn wie sähe das dann aus gegenüber Tommy? Obwohl ich auch keine Lust habe, jetzt noch tief in den Osten zu fahren, um dort immer weiter zu saufen, denn darauf läuft es doch hinaus, das ist eindeutig. Gemeinsam mit Simone und Karl hätte ich Tommy vielleicht bremsen können. Aber jetzt ist alles klar zwischen den Paaren, bleibt nur noch abzuwarten, auf welche Seite sich unser Single-Trio schlagen wird, oder besser gesagt: Sixtus und Stepan, denn Makro kann, wenn es nach Tommy geht, bleiben, wo der Pfeffer wächst.

Alle drei kommen mit. Die sind ganz wild auf Abenteuer, und es war ja auch eine ziemlich üble Option für sie, Aberhunderte von Kilometern zu fahren, um dann mit uns zwei verliebten Paaren in einer unbekannten Berliner Disco zu landen, wo sich Karl mit Simone und Tommy mit mir über die Tanzfläche schöben und man selbst auf Brautschau müßte, ohne im Ernstfall auch nur ein Bett bieten zu können, denn wo wären sie denn hin mit einer Eroberung? Ins Dreiergästezimmer von Schmargendorf? Sex unter den Ohren meines Onkels? Oder gleich ein flotter Vierer? Aber jetzt, wo Simone und Karl schon so gut wie weg sind, verspricht Norberts und Marlenes Wohnung nicht nur etwas ganz Neues, sondern auch eine unbeschwerte Nacht. Wir gehen ja quasi ins Ausland und werden zugleich mit mehr Männern als Frauen zusammensein, die sind außerdem alle gebunden, also keine Flirtverpflichtung. Okay, ich bin verloren, hier springt niemand mehr ab.

«Ja, los, worauf warten wir?» Das ist Stepan, und Sixtus zaudert auch nicht, der Verräter, ist in Karls Wagen hierhergefahren, verschwendet nun aber keinen Gedanken mehr an Loyalität, und daß Makro auch zustimmt, ist keine Überraschung für mich, wohl aber für Tommy, dessen Begeisterungsruf «Echt, auch du? Makro, das ist …», mehr fällt ihm nicht ein, so falsch klingt, wie das Lächeln von Karl aussieht, als er Sixtus jetzt auf die Schulter klopft: «Dann gib mir aber den Hausschlüssel, bei dir wird's wohl etwas später.» «Das ist noch nicht gesagt», muntert Simone ihren Freund auf: «Erst mal sehen, vielleicht seid ihr längst im Tiefschlaf, wenn wir abgekämpft und durchgeschwitzt von den heißesten Berliner Partys kommen.» Sie hat es verstanden, weiß, wie unser Abend enden wird, während ihrer ganz offen ist. Eine Sekunde noch könnte ich die Balance kippen lassen, die Seite wechseln, Tanzlust vorschieben, aber wer würde mir das glauben, und mit Tommy, das spüre ich in seinen Fingerspitzen, die auf meiner Hüfte liegen, wäre dann echt Stunk. Er ist nervös, er will seine Expedition, und er braucht mich dabei, jetzt schon führt er mich vor, hat mich unmerklich zu Norbert hin gedreht, klar, ich bin jünger als Marlene, ich gehöre ihm, das sagt jede seiner Gesten, wie er von hinten seine Arme um mich geschlungen hat, wie er meine Halsbeuge streichelt, und daß ich mich nicht bewege, mich nur verschieben lasse, stört ihn nicht, im Gegenteil, das wäre ja noch schöner: eigene Gedanken. Ich sollte mich umdrehen und weggehen, ich sehe mich schon schweigend Marlene gegenübersitzen, während die sieben Männer immer lauter werden. Horror, Langeweile, Peinlichkeit, aber ein bißchen neugierig auf diese Wohnung bin ich doch auch, oder tue ich nur so, weil ich zu feige bin, Tommy stehenzulassen? Wie wohnt einer wie Norbert? Und dabei zusehen, wie Karl und Simone sich abschlecken auf der Tanzfläche, während ich bestenfalls von Makro umgarnt werde, der, das weiß ich ja, den Osten sofort sausenlassen würde, wenn ich mich den Dissidenten anschlösse? Das will ich auch nicht, denn ich will nichts mehr von Makro, und einen anderen suche ich auch nicht, ich weiß doch, was ich habe. Also gehe ich mit nach Pankow, das ist jetzt entschieden.

6.

Fahrkarten, überall liegen Fahrkarten herum.

Hier gibt es seltsame kleine Boxen, aus denen man sich von einer perforierten Rolle sein Ticket abreißen kann. Entrichtung des Fahrpreises auf Treu und Glauben, und jetzt sind die Rollen herausgezogen, zerschnipselt und über den Bahnsteig verstreut worden. Wir sind weggegangen vom Platz, rechts dieses Schild: Otto-Grotewohl-Straße, «unser erster Vorsitzender des Ministerrats», hat Norbert erläutert. «Ne Erich-Honecker-Straße werdet ihr jedenfalls nicht mehr bekommen», hat Tommy darauf geantwortet, Gelächter reihum. «Vielleicht aber Margot-Honecker-Straße. Würde hier passen, das da links ist das Ministerium für Volksbildung», scherzte der Dünne herüber. Rechts nur Brache, dann schälten sich Plattenbauten aus der Schwärze hinter dem Lichtkreis der rötlichen Funzeln hier heraus, ziemlich hoch, fünf, sechs, sieben Etagen, unten Ladenfenster, aber alle dunkel, in den obersten zwei Stockwerken Balkone über den Erkern. «Gibt's die auch nach hinten zur Mauer hin?» Tommy konnte es nicht lassen, aber Norbert blieb gut gelaunt: «Na klar, hier wohnen doch nur die Verläßlichsten. Darum ist auch alles so duster, die haben nix zu feiern heute nacht.» Dann kam eine Kreuzung, und rechts konnte man die Mauer sehen, dahinter wie ein schwarzes Loch der Potsdamer Platz. Das helle Loch links war der Einstieg zur U-Bahn.

Marlene bückt sich und reißt ein halbes Dutzend von den Fahrkartenschnipseln ab, Norbert schüttelt grinsend den Kopf, «Laß das», heute wird kein Kontrolleur mehr kommen. Gab es überhaupt je welche, oder war das Lösen einer Fahrkarte nicht vielmehr Staatsbürgerpflicht in der DDR? Ich weiß nicht, warum, aber die herausgerissenen Papierrollen haben etwas unsagbar Tristes an sich. Ich möchte umdrehen, wollte schon lieber nicht die Treppe hinab in das funzlige Licht der Station, auf den langgestreckten, hinten leicht nach rechts gekrümmten Bahnsteig, der voll ist mit Leuten, die unter der niedrigen Decke wirken wie eingekastelt. Die Wände sind rot: «Das nenne ich wahre politische Überzeugung», witzelt Stepan. «Das ist Granit aus Hitlers Reichskanzlei», aha, der Dicke hat seine Sprache zurück, «den hat die Rote Armee hier verbauen lassen, als sie die Station wiederhergerichtet haben. Da, der Boden hier ist derselbe, über den die Gäste in Hitlers Arbeitszimmer gelaufen sind, und jetzt stehen wir darauf.» «Und die schwarzweiße Bahnsteigkante war früher die Haltelinie vor dem Führerschreibtisch?» Sehr komisch, Peppone, ich lehne mich an einen der quadratischen Pfeiler. Marlene kommt mir hinterher, es ist kurz nach eins: «Sie haben extra noch Bahnen eingesetzt, normalerweise fährt um diese Zeit kein Zug mehr nach Pankow.» Wer sind «sie»? Der Staatsrat? Sind das die letzten Handlungen, mit denen Krenz und Co. noch Autorität simulieren können: die Gnade einer Handvoll Nachtzüge? Und das Volk stimmt über diese Gabe ab, indem es den Bahnsteig mit den Fetzen aus dem Fahrkartenautomaten sprenkelt – oder wie auch immer diese Kästen heißen mögen, an denen nichts automatisch ist, die funktionieren wie Klopapierrollenhalter.

Jetzt haben wir trotzdem unsere Fahrscheine in der Hand, «Ordnung muß sein», lächelt Sixtus, und sein dünner Bart zittert im Durchzug, der die Einfahrt der U-Bahn ankündigt. Seltsame Waggons, wie übriggeblieben aus Jahrzehnten, die ich nur von Schwarzweißaufnahmen kenne, doch dieser Zug ist gelb. Durchsagen Fehlanzeige, und das Schild mit dem Fahrziel habe ich auch nicht erkennen können. «Ist egal, Pankow ist eh Endstation!» ruft Norbert. Leer fährt die Bahn ein, wir von der Station Otto-Grotewohl-Straße machen sie voll. Sitzplatz ist für uns neun nicht mehr, «Macht nichts, es dauert nicht lange, kommt hier herüber, laßt den Eingang frei», Marlene ist in die Mitte des Ganges gerückt, wir folgen, Fremde, die sich der Reiseleiterin anvertrauen. Niemand spricht, das ist gespenstisch, und auch wir fünf Westler sind leise, obwohl Tommy fast zu platzen scheint vor Zufriedenheit. Ins tiefste Sibirien fahren wir, das sagt seine Haltung aus, Fäuste um die Haltestangen geballt, den Brustkorb aufgepumpt, das Kreuz durchgedrückt und das Kinn herausfordernd vorgereckt. Wer kann mir was? Er ist der Inspizient, und jetzt wird die Wildnis kontrolliert. Der Rest seiner kleinen Truppe dagegen hat sich eher in die Kragen geduckt, und als der Zug mit einem Ruck Fahrt aufnimmt, hineinstößt in eine finstere Röhre, gegen die die Lampen im Waggon kaum etwas auszurichten haben, versinken wir noch tiefer in uns selbst, und sogar Tommy nimmt eine Hand herunter und schiebt sie mir unter der Achsel durch. Das tut gut, eine unaufwendige Geste, keine Show, nur Versicherung, daß er aufpassen wird. Ich nehme diese

Hand und lege sie mir auf den Kopf, da lächelt er, das ist ein kleines Spiel zwischen uns, mit dem ich ihn größer mache. Hundertmal gespielt.

Wir halten einmal, zweimal, dreimal, nie kommen mehr als ein paar Leute dazu, aussteigen tut auch keiner. Bei der fünften Station zeigt Sixtus raus auf den Bahnsteig: «Die Stahlträger haben ionische Säulenkapitelle.» Hui, Mister Supergescheit, aber der Dicke weiß es noch besser: «Die sind noch original, werdet ihr ein paarmal sehen. Da hat man die Säulen des Pergamonaltars zum Vorbild genommen. Paßt auf, am Alex ist es gleich genauso.» Bald sind wir also wieder am Alexanderplatz, und auch in dieser riesigen Station ist kein Mensch, immer noch nicht. «Warum steigt niemand zu?» Norbert beugt sich zu Stepan vor: «Heute sind wir alle zur Grenze gegangen, nachsehen, ob sie noch offen ist, und jetzt geht es beruhigt zurück in die Heia.» Er lacht schallend, es dröhnt im Waggon, man schaut zu uns her. Kein Wunder, vorher war es still, müde hatten sich unsere Mitfahrer in die Sitze fallen lassen, ein paar teilten sich stumm noch eine Flasche, andere rieben sich die Hände warm. Norbert mustert sie von oben herab: «Ist das nicht großartig? Jahrelang wollen alle angeblich raus aus diesem Land, und jetzt fahren wir mit der U-Bahn nach Hause, in unsere Wohnungen, wo es immer noch an den Elektrowaren fehlt, wo keine Südfrüchte auf dem Tisch liegen, und fühlen uns wohl, denn das alles wird ja kommen, und sonst ändert sich gewiß nichts. So denken die halt», sein Blick wandert über die Umstehenden, «bequem sein ist alles. Aber wir werden uns noch wundern. Ihr seid jetzt die ersten, die uns besuchen, doch es werden viele kommen. Gestern rollte ein

Westwagen durch unsere Siedlung, langsam, und das war nicht nur dem Kopfsteinpflaster geschuldet. Ein junges Paar saß da drin, gestarrt haben die wie im Tierpark. Aber es ging nicht um uns, es ging um unsere Käfige, da bin ich mir sicher. Die haben ein paar hundert Meter weiter gehalten, wo die Gründerzeithäuser stehen.» «Architekturstudenten?» «Ach, du ahnungsloses Herzchen! Erben natürlich, was meinst du, was früher bei uns eingetroffen ist, Angebote oder Ansprüche? Vor dem ersten Obststand war der erste Makler da, das war noch November, da klingelte schon einer, der wollte unser ganzes Haus kaufen und suchte den Eigentümer. Eigentümer gibt's nicht, habe ich ihm gesagt, nur Besitzer, wir alle sind Mieter und besitzen unsere Wohnungen. Da bekam der sooo lange Ohren, und ich wette, der war im Nu auf dem Grundbuchamt. Unser Haus ist in Staatsbesitz, aber was heißt das, wenn der Staat gerade zusammenbricht?»

Norberts Stimme ist selbst brüchig geworden. Marlene hält ihn umschlungen, als müßte sie dem gewaltigen Körper ein Stützpfeiler sein, die anderen Fahrgäste blicken auf den Boden oder durch die Scheiben ins Dunkel. Keiner redet, schon gar nicht mit uns, und auch wir schweigen jetzt besser. Der Zug ist auf einer Rampe unterwegs ins Freie, nur hin und wieder blakt Licht aus einem Fenster in die Nacht, es sind hohe Häuser, alte Häuser, wir schieben uns schräg an ihnen vorbei, immer höher, bis wir die Dachkanten sehen können, dann sind wir per Hochbahn unterwegs, ich presse meine Stirn ans kühle Glas und betrachte, atme ein, was da alles aufscheint aus dem Schwarz, um hinter uns wieder zu verschwinden. So könnte ich lange weiterfahren, Tommy an meiner Seite, aber nicht zu dicht, nur so, wie ich es mag und ertragen kann. Von links holt uns eine spitz zulaufende Straße ein, mündet in die breite direkt neben der Strecke, ein Bahnsteig kommt: Dimitroffstraße. Eben war schon Rosa-Luxemburg-Platz, mit scheußlich gelben Kacheln, was kommt noch? Leninallee? Stalingäßchen? Im Thälmannwinkel? Etliche sind hier ausgestiegen, wir fahren wieder los, das müssen die Wohnquartiere sein, links wohl ein Sportpark, große Wiese, dunkle Zuschauerränge, dann aber schon wieder eine riesige Brandmauer voraus, ich schaue rechts rüber, noch schlechtere Beleuchtung, schmutziger Backstein, da, eine Stahlbrücke über die Gleise, Einfahrt in die nächste Station, nichts mit kommunistischen Altvorderen, sondern Schönhauser Allee, grünrostige Stahlsprossen auf dem Bahnsteig mit Nietenakne, ein kaltes Licht von weit auseinanderstehenden Laternen, keinerlei Verkehr, gespenstisch ist es hier, ausgestorben.

«Keine parkenden Autos», flüstert uns Makro zu, «seht euch an, wie frei die Straßen sind. Und wie die Häuser aussehen. Die will doch kein Mensch haben.» Das hätte er mal laut sagen sollen, vielleicht hätte es Norbert aufgemuntert, aber möchte man hören, daß man nur deshalb davonkommt, weil alles zu elend ist, um Interesse anzuziehen? Und womöglich sieht es in Pankow ja viel besser aus als hier in der endlosen Reihe alter Mietshäuser an der Ausfallstraße. Pankow, war das nicht das Prominentenviertel? Ich schaue mir Marlene und Norbert an. Keine Stonewashed-Jeans mit Puderzuckermuster, keine Plaste und Elaste als Ledererersatz, Norberts Mantel ist halblang, hell und aus einem dicken Wollstoff, darunter eine an den Knien leicht speckige schwarze Leinenhose und richtig gute Schuhe, dunkelbraun, üblicherweise hochglanzgeputzt, das kann man trotz Staub und Fußabdrücken, die die Mittanzenden am Brandenburger Tor darauf hinterlassen haben, noch ahnen. Marlene trägt eine kurze Lederjacke in Beige, in deren oben offenem Reißverschluß sich eine spitzenbesetzte Bluse zeigt. Jeans, ja, aber im tiefen Blau einer Markenhose, dazu spitze Stiefelchen mit hohem Absatz. Wunderwaffen einer Frau, die sie nur im Westen gekauft haben kann, denen sieht man die italienische Herkunft auf zehn Meter an. Schick ist sie, und sie weiß das. Als unsere Blicke sich treffen, wird mir klar, daß sie uns längst schon abgeschätzt hat, und der Vergleich ist nicht zu ihren Ungunsten ausgefallen.

Wie heißen eigentlich Dick und Dünn mit bürgerlichen Namen? Sie haben seit der Bemerkung zu den Pfeilern kein Wort mehr gesagt. Hätte Dick seine Tüten noch in der Hand, er ginge im Westen als Clochard durch. Das Haar, sehr ausgedünnt in der Mitte, das einzige, was am Dicken dünn ist, strähnt fettig herab und umwippt das feiste Gesicht. Die Jacke, wirklich Strick, aus verfusseltem klebrigen Garn, möchte ich bitte niemals anfassen müssen, darunter ein großkariertes Hemd und eine farblich nicht klar einzuordnende dunkle Hose über Schuhen, von denen der linke vorn aufklafft. Gemusterte Strümpfe? Ja, tatsächlich. Der Dünne hat wenigstens Tennissocken an, mit mir unbekanntem Logo, und das sind wohl auch Turnschuhe, aber in einem Farbenschlamassel, und erst diese Jeanskombination, blaßhellblau, als würde ein nebliger Morgen dämmern, und oben schaut auch ein entsprechender Hemdkragen heraus, Ton in Ton, wahrscheinlich der neueste Schrei in Ostberlin, jeunesse dorée als Traum in Himmelblau. Schade, daß Simone nicht mehr da ist, darüber hätten wir zusammen gelacht.

Sie und Karl sind einfach stehengeblieben, ein wenig noch wollten sie dort am Tor herumlaufen, hatte er mir gesagt. Karl wußte natürlich, daß ich am liebsten dageblieben wäre, Karl versteht für einen Mann erstaunlich viel von dem, was Frauen denken, darum habe ich Simone immer beneidet. Doch kein Versuch, mich zu überreden, nicht einmal ein halbherziger, denn er weiß, das hätte mir Tommy übelgenommen, und man kann sich einen besseren Start in die neunziger Jahre vorstellen, als schweigend ins Bett des längst über seinem Groll eingeschlafenen Partners zu kriechen. Da muß man durch, das macht Freundschaft aus, daß man auch mal mitgeht, wenn der andere will. Er will allerdings fast immer, warum geht er nie mit mir zurück, wenn ich nicht länger mag? Oder bleibt gleich mit mir zu Hause? Weil ich mehr aufgeben müßte, hat er mir dazu erklärt, wenn wir nichts machen, als du, die doch nichts aufgibt, wenn du etwas mit mir unternimmst.

Simone hat mich zum Abschied geküßt, als trennten wir uns auf Jahre. Halt die Ohren steif, du auch, morgen lassen wir die Jungs in ihrem Mief pennen und kochen uns einen schönen Kaffee, weckst du mich, falls ihr später kommt?

Das werden wir wohl ziemlich sicher, denke ich, denn ihr zieht jetzt noch mal ins Gewusel, fahrt dann zum Ku'damm und seid damit schon fast daheim, wenn es öde wird, und öde wird es werden, Silvester hält nie, was es verspricht. Aber bei uns fünf anderen wird es auch sterbenslangweilig, und dann sitzen wir am anderen Ende der

Stadt, und irgendwann wird diese bescheuerte DDR in ihren letzten planwirtschaftlichen Zuckungen den Nachtverkehr trotz 1. Januar einstellen. Dann heißt es warten auf die ersten Morgenbahnen, also mindestens bis fünf, die haben doch sicher auch Feiertag heute, und schließlich der endlose Weg in den Westen, also vor sieben sehe ich meine Matratze nicht wieder, aber dann, liebste Freundin, wird es mir ein Vergnügen sein, dich aus dem Schönheitsschlaf zu reißen, die Betten überlassen wir den Bierleichen und reden, reden, bis der Morgen da ist. Wär's doch schon soweit! Aber Wange links, Wange rechts, und die beiden sind abgezogen, zurück Richtung Tor, Richtung Grenze, wo die Musik noch lauter geworden war, und von der Großbildleinwand leuchtete es endlich heller als am Himmel, wo nur noch vereinzelte Farbsatelliten ihre Parabeln malten. Ciao, ciao, und es war Marlene, die sofort zu trällern anfing, ein Lied, von dem ich nur den Refrain mitbekam: Ciao, bella, ciao.

Jetzt geht es mit der U-Bahn schon wieder runter, auf ebene Erde, dann in den Schacht, schon wieder eine neue Station, Pankow, sagt das Schild. «Hier müssen wir raus», und das glauben alle anderen Fahrgäste im Waggon auch. Stimmt, war ja Endstation. Wir gehen kurz zurück, dann zwei Treppen hoch und treten in die Nacht, auf eine Art Verkehrsinsel, in die mehrere Straßen einmünden, links ein kleiner Pavillon mit Walmdach, davor Straßenbahnschienen in zertrampeltem Gras, wir halten uns aber rechts, überqueren die Straße und gehen weiter stadtauswärts. Drüben kauern sich kleinere Häuser als bisher in den Schatten, das Licht der Laternen fällt auch nicht einen

Zentimeter über den Straßenrand hinaus. Einzelne Fenster flackern, alles Blaulicht, die Fernseher laufen. Vorne eine Querstraße, Elsa-Brändström, «deutsch-sowjetische Freundschaft in deren Anfängen», erläutert Norbert mit hörbarem Zynismus, dahinter ein schwerer Block mit drei Obergeschossen, an seiner Front kleine Balkone wie Pechnasen, brüchig und mit Stangengeländern, die vermutlich dafür sorgen, daß die Dinger uns nicht auf den Kopf fallen. Rechts rein eine nicht enden wollende Häuserfront, aber dann ein Kirchturm. «So was gibt es bei euch noch, ausgerechnet hier in Pankow?» fragt Sixtus.

«Wir sind ja nur am Rande der Nomenklatura», gibt Norbert zurück, «was glaubt ihr, mit wem ihr unterwegs seid? Das ist die evangelische Hoffnungskirche. Liegt ganz nahe bei unserem Haus, aber wir gehen vorne herum», also an der Bruchfront vorbei, und schon hinter dem Block mit den Balkonblattern verlassen wir den Bürgersteig und stapfen über Rasen auf hohe Häuserriegel zu, die etwa dreißig Meter von der Straße weg beginnen, keine Grundstücksgrenzen, die erkennbar wären. Kollektivwohnungen? «Nein», sagt Norbert, «hier mischt sich so einiges», und sein Blick auf Dick und Dünn spricht Bände. Marlene hat sich bei ihm eingehakt, plaudert aber nach rechts zum Dicken hin, während ich mir nicht vorstellen kann, daß Norbert jemals das Wort an den richten würde. «Ihr seid also Nachbarn?» «Ja, schon seit einigen Jahren, seit wir nach Berlin zurückgekommen sind.» «Und wohin wart ihr weggezogen?» «Nachher. Jetzt will ich euch erst mal heil zu uns reinbringen, da vorne müßt ihr aufpassen, da ist seit kurzem ein Graben, den sie nach einer Rohrreparatur nicht wieder zugeschüttet haben. Also bitte alle mir nach», er erhebt seine Stimme, «und gleich einen großen Schritt machen, der Rand auf der anderen Seite ist brüchig, und gefroren hat es ja nicht richtig.» Doch dieses Hindernis ist schnell überwunden, die Lichtinseln sind hier zahlreich genug, daß man sich orientieren kann. Geradeaus liegt jetzt ein Wohnriegel im rechten Winkel zur vorderen Reihe, auf den laufen wir zu. Fünf- oder sechsgeschossig sind beide, genau kann ich das nicht sehen, doch, es sind insgesamt sechs, wir gehen zwischen den beiden Riegeln durch, da öffnet sich ein Hof, an jeder Seite solch ein Riese, weiter vorne ein Trafohäuschen, das wir umgehen, «Paßt auf die Wäschestangen auf», mahnt Marlene, und da ist einer von uns auch schon dagegen gerannt, «Mist!», das war Makro. «Die sind niedrig», kichert Norbert, «haltet euch besser dicht hinter mir.»

Am Balkon eines Hochparterres kommen wir vorbei, bis zur Geländerkante geschmückt mit irgendwelchen nach vorne ausgewölbten geometrischen Formen, Tommy klopft dagegen, dünnstes Plastik, er witzelt: «Solide Bauweise, auch das da» und fährt mit der Hand an der Seitenwand des Riegels entlang, ich auch, und da sind tausend kleine Kiesel in den Zement, oder was das ist, eingelassen, Steinbruch im Braunputz, in die Verfugungen kann man reingreifen und stößt dann auf eine Masse, die sich anfühlt wie alte Meringue. Vor uns schon der nächste Häuserriegel, sicher hundert-, hundertzwanzig Meter lang. «Wie viele Leute wohnen dadrin?» Norbert dreht sich zu mir um, überlegt kurz: «Jeder Eingang sechs Geschosse, auf jedem Treppenabsatz zwei Wohnungen, vier Eingänge insgesamt pro Haus, macht achtundvierzig Wohnungen, normalerweise in jeder eine Familie, also sicher hundertfünfzig in jedem Haus. Obwohl», er zeigt auf den Dicken, «es auch welche gibt, die ihre Wohnung allein für sich haben.» Er beugt sich zu mir herunter und wispert: «Dem seine Alten haben kürzlich den Löffel abgegeben, und irgendwie hat das niemand gemerkt, sonst müßte er ausziehen oder bekäme ne Einquartierung. Glück muß man haben, hätten wir auch gerne. Wobei», und jetzt ist er wieder richtig laut, «wir die größte Wohnung abbekommen haben, die's hier hat, Dreiraum, plus Bad, Küche, Flur. Da vorne ist es, über die Straße nach rechts. Wir müssen zum Eingang ganz außen.»

Als wir uns dem Quader nähern, sehe ich ein Band aus vergitterten Luftlöchern im Sockel: Kellerfenster. Über den Windfängen der Haustüren hängen kleine Platten wie aus Eierkarton. Alles dunkel, nur im Hochparterre ist noch jemand wach, das dritte Fenster neben dem Treppenhaus steht sperrangelweit auf, und heraus dröhnt die Ballermannmusik einer Silvestershow, Gejohle, Rumsfallera, Klatschen. Daß irgendwer in einem Kilometer Umkreis bei diesem Lärm schlafen kann, ist unvorstellbar. Als wir auf die Tür zugehen und Norbert in seiner Jackentasche nach den Schlüsseln nestelt, beugt er sich nur einmal kurz zurück, ruft nicht einmal besonders laut «Maik, wir sind es. Mach die Mucke leiser», und nicht nur daß sofort, als wäre seine Stimme eine Fernbedienung, der Radau verebbt – augenblicklich wird auch das Fenster geschlossen, das Licht geht aus, das Leben erlischt im untersten Geschoß. «Ist das euer Sohn?» Marlene dreht sich stolz zu Stepan um: «Nee, wir haben nur 'ne Tochter. Das ist der Nachbar, der hat einen Heidenrespekt vor Norbert.»

Tommy hält mich mit einer Berührung an der Schulter zurück, wir lassen die anderen vorgehen, dann entziffert er im matten Schein der Treppenhausbeleuchtung erst das unterste linke Klingelschild und dann die anderen: «Radke, so heißt der Duckmäuser», flüstert er mir zu, «und rechts wohnt jemand namens Koch. Drüber ist kein Eintrag auf dem Klingelbrett. Du, wenn das Norbert und Marlenes Wohnung ist, dann wird's konspirativ. Mir scheint, die sind was Besonderes hier, so wie der rumkommandiert.» «Du phantasierst. Woher willst du wissen, daß sie über ihm wohnen?» «Wart's nur ab», und dann geht es tatsächlich nach der ersten halben Treppe mit sieben Stufen, die uns auf Radke-Niveau bringt, nur noch eine Etage weiter hoch, jeweils schön ums Eck herum, und da steht auch schon Marlene in einer offenen Tür und schaut uns an, als wären wir eine Delegation auf Staatsbesuch. Sie umarmt Tommy, was ist denn jetzt los? Dann drückt sie mir einen Kuß mitten aufs Gesicht und strahlt uns beide an: «Willkommen bei uns. Kommt rein, das ist unser kleines Reich.»

«Unsere kleine Republik», dröhnt Norbert von hinten aus dem Flur, «und die hat sich heute für den Westbesuch richtig feingemacht. Aber denkt nur nicht, daß es hier was abzuschleppen gibt.» Schallendes Gelächter, alkoholgeschmiert und schmutzig. Tommy beugt sich noch übers Geländer, bevor er reingeht, und zeigt hoch, wo man am Ende des dunklen Stiegenhauses durch eine Glasplatte den Sternenhimmel sehen kann, im Treppenschacht ist auf unserer Höhe waagerecht ein Metallgitter eingesetzt: «Damit die Selbstmörder nicht an mir vorbeirauschen», lästert Norbert, als er zu uns tritt, «aber die Bengel von oben machen sich einen Jux daraus, Dosen oder Metallstücke runterzuschmeißen und es vor unserer Tür scheppern zu lassen. Wenn ich dann rauskomme, will es niemand gewesen sein. Aber jetzt mal rein mit euch.» Er hakt sich zwischen Tommy und mir ein und zieht uns vorwärts, die kackbraune Wohnungstür wirkt wie aus Stahl, als sie ins Schloß fällt, auf Zwergenhöhe ist ein Spion eingebaut, und Norbert senkt tatsächlich den Kopf, als er eintritt, mehr als zwei Meter kann dieser Eingang nicht haben. Makro hat seine Skijacke schon am Garderobenhaken aufgehängt und bekommt vom Dünnen ein Bier in die Hand gedrückt. Ist der Lakai hier im Norbertschen Haushalt? Stepan jauchzt: «Mir auch eins», dann der Dicke: «Das ist ein Wort!» Na, der benimmt sich aber ziemlich ungeniert beim resoluten Nachbarn, kassiert auch sofort einen Ellbogencheck von Marlene, die sich an Tommy und mir vorbeigedrängt hat, denn der Flur ist nicht eben geeignet für Versammlungen von neun Leuten, noch traut sich niemand, einfach eine der geschlossenen Türen ringsum zu öffnen und in die Tiefen der Wohnung vorzudringen.

Da reißt Norbert die kleine Tür schräg gegenüber vom Eingang auf: «Eine der Damen aufs Klo?» Hat man das hier so, ist das die gängige Höflichkeitsfloskel im Ostblock, eine Vorführung der Qualitäten des Systems: Schauen Sie, meine Damen und Herren, wir haben im Moment fließendes Wasser, und bevor die Leitungen vor Altersschwäche kollabieren, nutzen Sie bitte den Abtritt? Aber ich muß plötzlich tatsächlich mal, das ist typisch, kaum drauf angesprochen, schon kneift sich in mir etwas zusammen, daß ich die Beine überkreuze. Also ein wimpernflatterndes «Danke» zum Hausherrn. Er knipst mir das Licht an, hält die Pforte auf und schließt sie auch sorgfältig, als ich drin bin, fehlt nur noch, daß sich nun ein Schlüssel von außen dreht, doch der steckt tatsächlich innen, und mit einem kleinen Seufzer mache ich dicht und lasse mich auf den Toilettendeckel sinken. Da ist der Druck in der Blase schon wieder weg. Außerdem gibt es was zu erkunden.

Das Bad ist groß, und vor allem ist es richtig elegant. Auf dem Boden liegt eine breite Bastmatte, und über dem Wannenrand hängt fast über die ganze Länge des Raumes eine rote Stoffbahn von der Decke, sieht aus wie Brokat, mit eingestickten gelben Dromedaren, die in zueinander versetzten Reihen von rechts nach links marschieren, mit der Schnauze immer an der Schwanzspitze des Vordertieres. Dieser Vorhang versperrt den Blick lückenlos, ich schlage ihn zurück, Paranoia, wird schon keiner dahinter kauern, um mir beim Pinkeln zuzusehen, doch vor allem Neugier. Na ja, Badewanne ohne besondere Vorkommnisse. Über mir ist ein kleines Fenster, das zur Straße hinausgehen muß. Ich stehe nochmals auf, vor der Scheibe eine zu beiden Seiten geraffte Spitzengardine, draußen die Rückseite des gegenüberliegenden Wohnblocks. Nur im Treppenhaus ist es da noch hell, einige unserer Mitfahrer aus der U-Bahn werden das sein, die Schweiger, die nun in ihre Schlafzimmer schleichen, um nur ja nicht doch noch mit einem Geräusch den nächtlichen Frieden in der Hauptstadt der DDR zu stören. Rechts rüber steht ein Baum, dessen kahle Äste bis fast an mein Fenster reichen. Wieder setzen.

In der Wanne liegt Spielzeug, ein gelber Plastikhund, zwei Holzboote. Hier spielt Norbert beim Baden den Commander, und wer weiß, ob das nicht auch sein

Hündchen ist, denn die Tochter ist sicher schon älter. Bekommen ja bekanntlich früh Kinder hier im Osten, und vierzig sind die beiden allemal, also kann der Nachwuchs schon aus dem Haus sein, vielleicht sind die sogar Großeltern. Kein Kalkrand, nach so etwas schaue ich immer zuerst. Aber die filtern ja garantiert alles, was für die Volkswirtschaft brauchbar ist, mühsam aus dem Wasser raus. Meine Güte, hier kann man vom Boden essen. Wie hatte Norbert gesagt: die herausgeputzte kleine Republik? Aber die wußten doch gar nicht, daß Gäste kommen würden, außer vielleicht Dick und Dünn, und für die hätte Norbert Marlene gewiß keinen Finger krümmen lassen. Alles für die Schwäger morgen? Ich klappe den Klodekkel hoch, strahlend weiß leuchtet die Ablauffläche, nichts, was mich ekeln könnte, und ich ekle mich leicht. Ich sehe mich nach den nötigen Putzmitteln um, aber hier gibt es nichts, was nicht der Körperreinigung diente. Auf dem Waschbeckenrand steht eine Seifenschale, an Wandhaken hängen Waschlappen und Handtücher, je drei, das Töchterchen ist also doch noch nicht ausgeflogen, vor dem Spiegel liegen auf einem Bord ein paar Tuben, deren spärlicher Streifenschmuck keine Auskunft über den Inhalt gibt, und spionieren, nein, das will ich denn doch nicht.

Das Papier ist kratzig und hat keine Perforation. Schräge Zackenlinie beim Abreißen, so etwas stört meinen Ordnungssinn, ich ziehe den Streifen über die Halterung bis zur Brille und reiße glatt über deren Rand hinweg ab: So, das ist besser. Dann endlich, endlich Hände waschen, aber der Strahl ist dünn, egal, wie weit ich den Hahn aufdrehe. Es hat hier kein warmes Wasser, denn wenn ich links zusätzlich öffne, wird es nicht mehr, und wenn ich rechts zudrehe, kommt immer noch dasselbe raus. Ich gluckse leise, wähle das äußerste Handtuch, weil ich es für das der Tochter halte, nehme die oberste rechte Ecke, normale Menschen trocknen sich ja mit der unteren Hälfte ab, deren Viren will ich nicht an meine Finger bekommen, und schließe die Tür wieder auf, vor der schon Tommy wartet. Alle Achtung, das war rücksichtsvoll, ich winke ihn zu mir her.

«He, schau dir das hier an.» Auch Marlene linst neugierig herein. Was von ihrer Luxusausstattung ich wohl vorführen will? Ich drehe den rechten Hahn auf, drükke ihm die Hand unters Wasser, dann öffne ich links, er zuckt zurück, aber ich halte ihn am Gelenk fest, er wartet fünf Sekunden, dann lacht er, brüllt nach Stepan, Marlene schaut irritiert, alle stehen plötzlich im Badezimmer, und jetzt muß auch Stepan probieren: «Ein potemkinscher Wasserkran!» jubelt der. Und Tommy ist noch lauter, strahlt Sixtus an und erläutert: «Keine Mischbatterie, sondern einfach zwei Zuläufe aus derselben Leitung, die einem die schöne Illusion verschaffen wollen, man hätte eine Wahl.» Marlene klatscht in die Hände, Sixtus fällt in ihr Lachen ein: «Sieh mal auf den Köpfen der Hähne nach, womöglich steht da KPD und SPD, und auf dem Kran selbst SED.» Norbert geht hinaus und zieht Marlene mit sich. Der Raum leert sich. Tommy bleibt zurück, er hat brav durchgehalten: Blase aus Beton, prahlt er immer.

Marlene ist irgendwo verschwunden, die Männer höre ich aus einer offenstehenden Tür gleich gegenüber lärmen. Offenbar ist Bier für alle ausgegeben worden, das Klirren ist international verständlich: Klonk! Ich hänge meine

Jacke über den Haken mit Makros Anorak, die anderen haben ihre Klamotten einfach auf einen schmalen Stuhl geworfen. Die Flurwände, wenig Platz bei insgesamt sechs Türen, sind bedeckt mit kleinen Bilderrahmen, aus denen Kupferstiche glänzen: exotische Szenen mit Wüsten und Ruinen. Fernweh haben Norbert und Marlene wohl nicht zu knapp, bei jeder Waschung können sie auf ihren Dromedaren in den Orient reiten, um dann im Flur zu überprüfen, wohin es sie diesmal verschlagen hat. Von der Deckenmitte kreiselt ein verbeulter Lampenschirm. Da ist sicher Makro eben noch gegengelaufen, der Dünne wäre dann doch nicht groß genug, und Norbert wird ja wohl wissen, wo in seiner Bude die Hindernisse plaziert sind. Ein halboffener Schuhschrank steht neben der Wohnungstür, drin sind nur Herrenschuhe, vermutlich hat die Dame des Hauses ihre Kollektion im Boudoir. Hinter mir macht Tommy die Tür auf, Rauschen, als stürzte da ein Niagarafall in die Rohre. Jetzt kommt Marlene aus einer Tür gleich rechts, mein Blick erhascht ein faltenfrei abgedecktes Ehebett, und schlüpft ins Bad, als Tommy weg ist. Der tritt neben mich und stiert in die Ecke: «Wie steht's eigentlich mit der hiesigen Schuhproduktion? Werden Lederwaren nicht lieber in den Westen verkauft oder zwangsweise an die Sowjetunion geliefert?» RGW, schießt es mir durch den Kopf, fernes Echo eines tristen Erdkundeunterrichts. «Diese gegenseitige Wirtschaftshilfe, so hat der Brandner es uns damals doch eingebleut, die sieht derart aus, daß alle Verbündeten Waren abliefern und als Gegenleistung von den Sowjets beschützt werden, damit sie weiter produzieren können.» «Nun ja, die Zeiten sind ja wohl vorbei. Abermals nix fürs Leben gelernt in der

Schule.» Den letzten Satz hat Marlene mitgekriegt, als sie wieder aus dem Bad kommt. Sie staunt den Rebellen an. Na, ist das ein Mann? Und warte erst: Mit seiner Lederjacke kann er nachher dann einen auf «Die Faust im Nacken» machen, wenn wir wieder aufbrechen. Frau aus Ostberlin, so sehen richtige Kerle aus.

«Da schläft die Tochter», Marlene zeigt auf eine Tür hinten links im Flur, geht rüber, drückt die Klinke runter, rüttelt kurz, läßt es dann sein und zuckt mit den Schultern, «die schließt immer ab, wenn sie unterwegs ist. Na ja, müßt ihr euch eben mit den Gemeinschaftsräumen begnügen. Hier geht's rein. Ich komm gleich nach.» Donnerwetter! Damit war nicht zu rechnen. Die Tür gegenüber vom Tochterzimmer gibt den Blick auf eine riesige Couchgarnitur frei, davor ein flacher Glastisch, an drei Wänden Waldtapete, tiefgestaffelte riesige Bäume, die den Raum zu einer Lichtung machen, die sich öffnet zu Fenster und Balkontür an der Stirnseite. Kein Bild hier, nur niedrige hochglanzlackierte Sideboards in Lila und Weiß, auf denen Vasen und Schalen stehen, alle leer. Und gleich rechts neben der Tür ein Großvaterbüffet, schwere Eiche, wie es aussieht, gedrechselte Säulchen tragen den Aufsatz, darin eine Batterie von Getränken, und das Klirren kommt gar nicht vom Bier, das hat nur Makro in der Hand, sondern die anderen drehen, wenden und zeigen sich Schnaps- und Likörflaschen, prosten sich zu, setzen aber wenigstens nicht direkt an, werden vielmehr gelenkt von einer imaginären Choreographie, denn nun wandert alles zurück zu Norbert, der auf dem Tischchen eine Phalanx von Gläsern errichtet hat, in die jetzt die buntesten Flüssigkeiten geschüttet werden, teilweise auch miteinander vermischt, abenteuerliches Gelächter, das da gerade aus Tommy und Stepan bricht. Reißt euch zusammen, so viel habt ihr noch nicht gebechert, aber jetzt geht es los, hinein in die Kehlen die farbigen Fluten, Tommy schüttelt sich, «Ist das süß!», und da kommt Marlene mit einem Tablett voller Schnittchen, Gurken, Käsewürfel und Salzstangen in langen Gläsern. Makro liegt schon in den Polstern, Sixtus hebt sein Glas.

«Prost, Norbert, auf euer Land, auf unser Land!» Wenn das eine Provokation gewesen sein sollte, hat unser Gastgeber sie souverän gemeistert: «Auf uns Deutsche», gibt er zurück, und schon ist Tommy an seiner Seite, reißt den Drink so hoch, daß es grün auf die Anrichte regnet, Klirren bei Glas auf Glas, ein spitzer Schrei meines Liebsten, «Scheiße!», Blut fließt, «Mann, was war das?», Marlene hat schon ein Tuch parat, ich stehe bei Tommy, ziehe ihm die Rechte unter der Achsel hervor, feiner Schnitt quer über den Handteller, den Rest seines Glases hält er fest wie im Schock. «Laß mal los, das Ding», da klirrt auch die letzte Scherbe zu Boden, und Marlene ist unten und wischt auf dem Teppich herum. «Arrrh, das tut weh», preßt er zwischen den Zähnen heraus, ich habe seine Hand am Mund und lutsche ihm das Blut weg. «Paß auf die Splitter auf.» «Nichts Splitter», Norbert hat die Trümmer eingesammelt und zeigt sie ihm, Tatsache, nur drei große Stücke, die sich nahtlos ineinanderpassen lassen, «das ist Qualitätsware, Sicherheitsglas, VEB Carl Zeiss Jena, das Beste, was es hier gibt.»

«Ziemlich überzeugend, euer Verständnis von Sicherheit», Tommy grinst schon wieder, «da kann ich den Nato-Doppelrüstungsbeschluß gleich viel besser verstehen.» Aufwiehern bei Stepan, der nicht mehr richtig zurechnungsfähig zu sein scheint, er steht jetzt schon seit einer Minute starr und starrt mich an. Was hat er? Noch nie gesehen, wie eine Frau ihren Freund leckt? Ich ruf ihm zu: «Das ist Saugkraft, so muß das sein in einem guten Haushalt.» Nimm dies, Peppone, elender Angeber. Er dreht sich wortlos weg, und ich wende mich wieder Tommy zu, lasse meine Zunge über seine Finger gleiten, selbst wenn da Splitter wären, ich fürchte mich nicht, sollen sie es sehen. Langsam kehrt die Farbe in sein Gesicht zurück, und ich fange auch noch Makros Blick auf, langsam wiegt er den Kopf, wo ist er jetzt mit seinen Gedanken? Bei früheren Liebkosungen? Beim Sommer, als er mich vom Beckenrand fallen sah in Tommys Arme, als ich vom Stapel lief? «Holst du ein neues Glas für Thomas?» Und Marlene richtet sich auf und läuft los, während Norbert das Fenster öffnet und die Glasstücke einfach rauswirft: «So machen wir das hier. Und Scherben bringen diesmal wirklich Glück.»

«Dieses Glück lacht dann aber uns», ruft Sixtus und stößt gemeingefährlich kräftig mit Norbert an. «Macht mal halblang!», ich höre mich selbst viel zu laut dazwischenrufen. Wo sind eigentlich Dick und Dünn? Da ist Marlene zurück, und Tommy hat auch wieder Glas und Mund voll, ein dicker Schmatz belohnt mich für die Reinigungsarbeit an seiner Rechten, und schon klebt ein Pflaster quer über dem Ballen, scharfes Einatmen, als er selbst die verletzte Stelle berührt, eine rote Spur zieht sich binnen weniger Sekunden durch den blassen Stoffstreifen. «Faß jetzt nix an», spottet Stepan, der plötzlich wieder hinter uns steht, «sonst richtest du im Grenzwald ein Blutbad an», und mit großer Geste weist er auf die Baumtapeten rings um uns. «Nehmen wir lieber die Bierflaschen, sind stabiler», Norbert schleppt einen ganzen Kasten aus der Küche herein.

Dann geht der Hausherr zum Plattenspieler, der auf einer Kommode unter der Fensterbank steht. «Quint?» brüllt er so laut, daß das gesamte Haus etwas davon hat, «wo bleibst du mit der Mucke?» Auweia, der ist auch nicht mehr ganz nüchtern. «Komm, Alte, wir wollen tanzen.» Er schnappt sich Marlene, die sich mit einer Eleganz, die ich ihr nie zugetraut hätte, aus seinen Armen schlängelt, eingeknickt in den Knien, abgetaucht, weggeduckt nach links, dann ein Ausfallschritt, und Norbert taumelt auf das Sofa, die Augen so weit nach oben gedreht, daß man nur noch das Weiße sieht. Da liegt er hilflos, eine Masse Mensch, und es sieht fast so aus, als müßte er heulen, aber dann siegt das Bewußtsein darum, daß er beobachtet wird. Kaum ist die Pupille wieder da, trifft sie mich, kleiner Schreck darin über den Kontrollverlust, er hat sich aufgesetzt, Griff auf den Couchtisch zur nächsten Flasche, milchweißer Inhalt, Etikett mit Südfrucht. Wissen die hier nicht, daß Ananas gelb zu sein hat? Dann ist der Dicke da, aha, der ist also Quint, unter dem Arm einen Stapel Platten, und schon liegt eine auf dem Teller, Norbert schnellt hoch, schwankt kurz, dann hat er die Hand am Saphir, und mit Krackeradump knistert es los, ehe ein Klavier einsetzt, dann Schlagzeug, Mandoline, nasale deutsche Stimme, Ostrock ist das wohl, dreht aber ziemlich auf. «Pankow. Heißen wie der Stadtteil.» Und prompt ist Marlene bei ihm, greift ihn, nimmt Fahrt auf, führt ihn, sie tänzeln um die Sitzgruppe, die Ruhe selbst, als wären sie Profis, «Ich bin rumgerannt, so viel rumgerannt», blökt es aus den Lautsprechern. «Zu viel rumgerannt, ist doch nichts passiert.»

Da wippt Stepan, Sixtus zieht mich von Tommy weg, hat seine Hand schon an meiner Hüfte, macht, daß ich mich drehe, «Rock 'n' Roll!» Das hat er drauf, hätte ich gar nicht erwartet, er kennt jeden Schritt, jeden Griff, und ich bin ihm ganz ausgeliefert, schon biegt er mich zum Bläsersatz zurück, sein Gesicht über meinem, «Jetzt du, Tommy!», und er zieht einfach seine Hand weg, läßt mich hintenüberfallen, doch Tommy ist unter mich getaucht, Limbo, fängt mich, schleudert mich hoch, reißt mich herum, meine Arme liegen um seinen Hals, dreistes strahlendes Lächeln. Haben die beiden das geübt? Haben sie so in den Kaschemmen ihre Mädels aufgerissen, willenlos getanzt, artistisch überwältigt? Norbert klatscht: «Puh, das war eine heiße Nummer! Ihr habt's drauf.»

Dick alias Quint ist in einen Sessel gesunken, neues Hemd, altes Karo, Schweißgeruch bewahrt. «Warst du zu Hause?» fragt Marlene. «Ja, die guten Scheiben holen und bißchen schick machen.» Brust raus, Quint, da geht noch mehr, mein schöner Zweieinhalbzentnermann mit dem Hundeblick. «Wo wohnst du denn?» Ich habe mich einfach auf die Armlehne seines Sitzes plumpsen lassen, mein Knie lehnt an seinem Brustkorb, Tommy grinst noch breiter, er mag mich als seine Femme fatale, die allen den Kopf verdreht. «Im Haus nebenan, nicht weit.» «Quint ist der einzige Normale hier in der Siedlung», wirft Norbert ein und verschluckt sich sofort an seinem Satz, das kann man sehen. «Normal?» Sixtus ist ganz Ohr. «Na, normal eben, also länger Mieter als wir, weil seine Eltern hier direkt eingezogen sind im April 1980, und nun hat er eben die Wohnung.»

«Und ihr seid nicht normal?» Ja, das ist gut, nachhaken, Sixtus, du merkst, daß hier was nicht stimmt, ich merk es auch, ich quetsche nachher Marlene aus, aber dazu muß erst Norbert kapituliert haben. Woher stammen die weißen Schleiflackmöbel, die ziemlich noble Couchgarnitur, und ist eine Waldtapete so simpel zu bekommen, daß man sie gleich dreifach auf die Wände kleben kann? Bürgerliche Welt im Arbeiter-und-Bauern-Staat? «Quatsch, die sind die Normalen», Quint spricht unaufgefordert, ich muß träumen, er kommt Norbert zuvor, red weiter, mein tapferer Held, «angepaßt und dafür belohnt mit ihren Edelresidenzen hier in Pankow. Ich hab mich nur gehalten, hab nicht wie all die anderen, die am Anfang hier gewohnt haben, den Schwanz eingezogen und mich davongemacht.»

«Quint, willst du was trinken?» Das ist Marlene, etwas hektisch, aber sie stellt die Ordnung wieder her. Großes Glas, bestimmt bis zum Rand voll Curare. Quint setzt an. «Danke, Lene», ächzt er, als das Glas halb leer ist, dann kippt er es noch mal, Norbert hat schon wieder die Flasche mit dem Pfeilgift in der Hand und schenkt nach. Aber uns wird der nicht los: «Wie lange seid ihr denn schon hier in eurer Wohnung?» fragt Sixtus diplomatisch, während ich direkt aufs Ziel zusteuere: «Ist für euch jemand rausgeworfen worden aus dieser schicken Bleibe? Was macht ihr eigentlich so?» Ich lasse ein leichtes Lallen in meiner Stimme zittern, Betrunkenen sieht man dreiste Fragen eher nach, und man antwortet ihnen auch bereitwilliger. Schlitzaugen, als würde ich wegdämmern, aber dahinter lauert schwere Artillerie, sieh dich vor, Norbert, wir reiben dich auf, hier auf deinem eigenen Truppenübungsplatz. «Setzt euch mal her zu mir, ich zeig euch was», macht er einen auf Paterfamilias und holt mich vom immer mehr ins Glas sinkenden Quint weg. Tommy ist schon bei ihm, da lehnt Norbert sich weit zurück über die Sofalehne, zieht eine Schublade in der Anrichte auf und klaubt ein blaues Album hervor. Schau, schau, Fotoschau!

Ich rechts von ihm aufs Sofa, Sixtus geht drum herum und stützt sich auf die Rückenlehne, sieht ihm über die Schulter, Tommy sinkt vor mir auf den Boden und legt seinen Kopf auf meine Knie, Stepan und Makro heucheln Desinteresse, sind aber auch langsam auf dem Weg herüber. Marlene bringt eine Schüssel mit Quark aus der Küche: «Für die Stangen. Aber was machst du denn da, Norbert?» «Ich zeig dem Westbesuch, wie wir leben. Hier, das war mein Toyota.» «Mach keine Sachen», Tommys Kopf schießt hoch, das will er sich ansehen: «Geländewagen, nicht schlecht. Aber das ist doch nicht bei euch. So kahl habt doch nicht mal ihr eure Industriegebiete hinbekommen.» «Das ist im Libanon, dahinten seht ihr die Ruinen von Baalbek.» «Ihr seid mit eurer Karre von hier bis in den Libanon gefahren?» «Nein, wir hatten das Auto nur dort. Das ist ein Dienstwagen für die Botschaft. Ich war da unten in Damaskus als Sekretär.» «Schreibkraft mit Luxuswagen?» «Nein, Sekretär ist schon was Besonderes in unserem diplomatischen Dienst.» «Moment, du warst Diplomat für die DDR?» «War ich nicht nur. Bin ich noch.» Täusche ich mich, oder liegt ein protziger Beiklang in dieser Antwort? Tommy streckt die Waffen: «Das ist … Das ist ja irre. Du warst für die DDR im Nahen Osten? Und da fahrt ihr mit solchen Autos rum?» «Nicht alle», jetzt ist der Stolz nicht mehr zu überhören, «eben nur die Parteisekretäre und der Botschafter.»

«Das heißt aber auch», Sixtus ist jetzt knallwach, «du bist ein hohes Tier hier, in der SED natürlich, vielleicht Volkskammer.» «He, da ist aber einer informiert. Ja, kann man sagen: Ich bin Kader.» «Und der Toyota steht draußen hinterm Haus.» «Nein, den hast du nur im Ausland, damit es hier kein Gerede gibt. Wir haben einen Trabant wie so ziemlich jeder andere in Pankow auch.» «Muß ja ein einschneidender Verlust gewesen sein», Tommy ist wieder bei uns, und diesmal klingt er fies und klar. «Gar nicht so sehr. Weißt du, der Trabant ist ein feines Auto, und für uns drei reicht der allemal.» «Warst du mit Marlene im Libanon?» «Jawohl, schöne Frau, aber eigentlich waren wir in Syrien. Das würde dir wohl auch gefallen?» «Und warum seid ihr da nicht geflohen?» Ich fasse es nicht, ist Tommy wirklich so naiv? Doch Norbert nimmt ihn ernst: «Warum hätten wir fliehen sollen? Es ging uns gut da. Und hier geht es uns noch besser.» «Aber das ist die DDR.» «Na und?» «Da dürft ihr doch nicht reisen, könnt nix kaufen, müßt Rücksicht auf die Partei nehmen.» Sixtus platzt der Kragen vor mir: «Hey, Norbert ist die Partei. Und gereist ist er ja anscheinend gar nicht mal so übel. Ich könnte mir vorstellen», und das sagt er jetzt mit einem lauernden Unterton, «daß du ganz schön ins Schwimmen kommst nach dem Mauerfall. Wenn jetzt alle reisen können. Alle einen Toyota kaufen können. Paßt dir das, Norbert? Daß die Privilegien bröckeln?»

Die Hände des Mannes zwischen uns krampfen sich zusammen, aber sonst bleibt er beherrscht bis in die

Mundwinkel, wo sich sogar ein Lächeln andeutet: «Sixtus, das siehst du so, wie man es dir erzählt hat. Aber davon stimmt nichts. Und ich wüßte auch nicht, daß ich dir Rechenschaft schuldig wäre. Wenn wir uns nächstes Jahr wiedersehen, wird sich zeigen, wer besser mit der Situation klargekommen ist. Noch ist alles offen. Unser Staat reformiert sich, während eurer nichts dergleichen tut. Könnte es nicht sein, daß wir euch dadurch überlegen sein werden?» Da muß selbst Stepan schlucken, springt aber vermittelnd ein: «Männer, genug Politik! Wir sind hier nicht in der Ständigen Vertretung. Erzähl uns was von Syrien, Norbert. Das kenne ich nur aus den Nachrichten. Wann wart ihr da?» «Vor anderthalb Jahren zurückgekehrt.» Doch mehr ist aus Norbert nicht mehr herauszubekommen. Die Fronten sind aufgebrochen, wir sind in einer Bonzenwohnung, und ich suche den Blick von Quint, der aber jetzt wieder an umfassender Lähmung zu leiden scheint. Was macht der hier, wenn es stimmt, was wir gehört haben? Wenn er der letzte Verbliebene jener Bewohner ist, die zugunsten der Kader vergrault wurden? Aber wie sind der und seine Eltern 1980 überhaupt hier hereingekommen, das ist doch noch nicht lange her. Und wo ist Dünn geblieben?

Marlene hat natürlich alles gehört, und sie bricht die Stille auf, die uns einzufrieren droht: «Jemand richtig Hunger? Mark macht gerade ein paar Sachen warm. Komm», das gilt mir, ganz von Frau zu Frau, «laß uns ihm helfen gehen, damit die Herren sich über Autos unterhalten können.» Na gut, du Heimchen, komm ich halt mit zu diesem Mark, wer auch immer das sein soll. Wir gehen hinaus in den Flur, zur Wohnungstür, auf der anderen Seite des Treppenabsatzes gähnt hinter einer offenen Tür ein unbeleuchteter, noch dazu schwarz gestrichener Flur, ähnlich geschnitten wie der drüben, aber ein anderer Winkel zum Eingang und nur vier weitere Türen. «Mark?» ruft Marlene hinein, und zurück kommt von rechts hinten die Antwort des Dünnen: «Hier! In der Küche.» Marlene drückt auf den Lichtschalter, aber da tut sich nichts: «Der repariert nie etwas, immer muß Norbert sich kümmern. Aber kochen kann er; wir essen jedes Wochenende bei ihm.» «Ist er auch im diplomatischen Dienst?» Warum soll ich ein Blatt vor den Mund nehmen, wenn Norbert Karrierestriptease getanzt hat? Aber wenn es ein Treffer gewesen sein sollte, läßt sich Marlene nichts anmerken: «Mark? O nein, der nicht. Mark war lange mit Norbert zusammen bei der Armee und ist jetzt in einer Behörde, die sich um die Verwaltung der Materiallager kümmert, quer durch die ganze Republik. Deshalb hat er gute Kontakte überallhin, und das kommt seinem Speisezettel entgegen. Aber das mußt du selbst sehen.» Und ja: Da gibt es etwas zu sehen, im diffusen Licht der Backofenlampe schnippelt der dürre Mark Gurken in eine Schüssel aus gelbem Kunststoff, und im Herd schnurren auf Zahnstocher aufgespießte Speck- und Schinkenstreifen zusammen. «Schau», flüstert Marlene mir zu, «sogar Knisterunterlage hat er.» Damit meint sie wohl die Alufolie, nun kenne ich die Grenzen des Luxus für Kader. «Können wir dir helfen?» bietet sie unsere Dienste an. «Nein, aber geht doch ins Wohnzimmer und setzt euch. Lene, du weißt, wo der Cognac ist. Nehmt schon mal einen Schluck, ich komme gleich nach.»

Bei Mark ist es so dunkel, wie es bei Norbert und Marlene hell war, als einzige Lichtquelle im Wohnzimmer der Fernseher mit stummgeschalteten Silvesterpolonaisen. Im zuckenden Geflimmer stehen Regale bis unter die Decke, rötliches Kirschholz, aber kaum was zu lesen darin. Nur unten auf einem schmalen Brett direkt unter dem Fach mit der gewaltigen Glotze steht eine Reihe von winzigen Büchern mit verschiedenfarbigen Lederrücken. Sonst nichts als Nippes, ein paar Stücke Geschirr und Selbstgestricktes in Form von langen Hunden mit überdimensionierten Schlappohren oder dicken Schlangen mit kurzer Filzzunge. «Wenn's richtig kalt wird, dichten wir damit Fenster und Türen ab», sagt Marlene, die meinen Blick gesehen haben muß. «Nach neun Jahren schon alles undicht bei euch?» «Das war von Beginn an so, hat Quint erzählt. Aber dafür Zentralheizung. Die hast du in den Altbauten am anderen Ende der Straße nicht. Mach du schon mal die Flasche auf, ich hol die Gläser. Mark, wo sind denn die guten Gläser?» Über den Flur schallt die Antwort: «Im Schrank neben der Tür», und als Marlene den aufklappt, traue ich meinen Augen nicht: Da stehen auf einem gewiß einen Meter breiten Brett vier gewaltige Cognacschwenker, jeder mit dem Fassungsvermögen einer Kinderbadewanne. «Marks Prunkstücke», strahlt mich Marlene an, «aus dem Erzgebirge. Du wirst sehen, daraus schmeckt der Cognac ganz anders. Je mehr Luft er hat, desto besser.» Ja, ja, erzähl mir etwas von Lebensart, Bonzengattin. Wie sehen denn die Flaschen aus, die man zur Füllung dieser Schwenker braucht? Größer als das Heidelberger Faß? Aber dann reicht sie eine ganz normale Flasche herüber, «Marke Edel», erklärt sie, ich entkorke das Ding, wobei ein paar eingetrocknete Stückchen abspringen, und schenke ein. Halb leer ist die Flasche, bevor man das Gefühl hat, mehr als eine Pfütze im Drinking-Pool zu sehen. Zweites Glas, und schon ist die Flasche leer.

«Welchen Schwenker willst du?»

«Auf jeden Fall den zweiten, da ist weniger drin. Eine Alkoholvergiftung hole ich mir sowieso.»

Sie lacht: «Prösterchen!»

«Cheers!»

Wir sitzen nebeneinander auf einem cordbezogenen Sofa, vor uns zuckt die Mattscheibe. Ich muß mich loskämpfen vom Magnetismus dieser stummen Ekstase, in der endlose Züge von beschlipst-beschwipsten Männern sich zwischen Partybänken durchschlängeln, auf denen die blumenverpackten Gattinnen sitzen und einen Takt klatschen, der mir ein Mitwippen abringt, obwohl ich ihn gar nicht höre. Zwing dich wegzuschauen, sieh dir Marlene an: Ihr Profil weist Altersspuren auf, die man ihrer Stimme noch nicht anhört, feingeriffelter Faltenkranz um die gelbgrauen Augen, ein Leberfleck auf dem Jochbein, über das sich eine Haarsträhne ringelt, als sei sie mühselig hinonduliert worden, um eine Rokoko-Rahmung für das braunschwarze Kleinod zu schaffen. Sie trägt kein Makeup, haben die hier kein Gloss? Aber die Augenbrauen sind gezupft, in einem für die sonstige Verschlafenheit ihrer Züge gewagten Schwung, der sogar über der Nasenwurzel für ein paar Millimeter einen sinusartigen Aufstieg riskiert. Diese Brauenpartie kann leicht zucken, wenn Marlene die Stirn runzelt, allerdings nur über dem rechten Auge, nun dreht sie sich zu mir und sagt mit unbewegter linker Braue: «Ich kann diese Bierzeltfröhlichkeit nicht verstehen, nicht die im Fernsehen und auch nicht die von unseren Männern. Das ist doch mehr als nur ein neues Jahr heute, das ist eine neue Welt. Jedes Jahr wußten wir bislang, es wird alles so, wie es gewesen ist. Und nun wissen wir nur das eine: daß sich alles ändern wird. Aber sie saufen und tanzen und singen und schunkeln, als gäbe es kein Morgen, als müßten sie nur tun, was immer getan wurde, wenn es Silvester war. Was sind das nur für Menschen?»

«Für die im Fernsehen gibt es eine Entschuldigung. Solche Sendungen werden monatelang vorher aufgezeichnet, weil doch an Silvester keiner Lust hat, seine Zeit mit einer Party von solch abgrundtiefer Peinlichkeit zu verschwenden. Also mieten sie in Mainz oder wo auch immer die Sender ihren Sitz haben, einen Saal, setzen Heinz Schenk und Lia Wöhr auf die Bühne und stecken ein paar tausend gratis angelockte Rumsbums-Liebhaber dazu, die schon mal vor der Zeit Jahreswechsel feiern dürfen. Stelle ich mir sogar skurril vor. Und heute sind der Glatzkopf da vorne oder die Tiefdekolletierte hinter ihm vielleicht hier am Brandenburger Tor gewesen und haben mit uns angestoßen. Die ahnten garantiert noch gar nicht, was am neunten November passieren würde, weil das hier Oktoberbilder sind. Was wir sehen, sind Leute im Zustand der politischen Unschuld, die letzte Manifestation der alten Bundesrepublik.»

«Das wußte ich nicht. Und das Runterzählen um zwölf, die Bilder vom Feuerwerk, die Weinseligkeit auf einen Höhepunkt zu, das ist alles Schau?»

«So sind wir halt im Westen. Was erwartest du? Daß wir etwas dem Zufall überlassen? Stell dir vor, es käme keine Stimmung auf im Saal. Wie sähe das aus? Also machst du die Aufnahmen lange vorher und läßt im Zweifelsfall vom Regisseur den Glockenschlag einfach noch mal einspielen, und alle jauchzen zum zweitenmal und springen auf Kommando hoch, damit die Kamera es diesmal richtig festhält. Alles für uns, die wir uns zu Hause in unseren Sesseln betrinken, um die organisierte Fröhlichkeit zu überstehen. Ist Kapitalismus nicht klasse?»

«Du kannst gut reden. Kennst ja nichts anderes. Hast du jemals die Silvestersendungen auf unseren Kanälen gesehen?»

«Kriegen wir bei uns nicht.»

«Wirklich nicht? Aber wir empfangen doch auch in der ganzen DDR eure Programme.»

«Hab nie etwas vom DDR-Fernsehen gesehen, außer mal vor ein paar Jahren in West-Berlin, als mein Onkel, bei dem ich zu Besuch war, mich vor die Aktuelle Kamera gezogen hat, und danach kam der Schwarze Kanal. Das sei komisch, meinte er, ich fand's nur furchtbar. Scheint aber für West-Berliner eine Art Unterhaltungsprogramm zu sein, sie schwärmen alle davon. Wahrscheinlich ein prickelnder Rest vom Frontstadtmythos. Prost!»

«Sie lachen darüber ... über den Schwarzen Kanal. Aber das ist übelste Propaganda, war es, muß ich wohl sagen, der ist ja jetzt schon weg aus dem Programm. Uns haben sie immer erzählt, wir kämen mit unseren Sendern bis in den Schwarzwald, und niemand hätte sich gewundert, wenn im Fünfjahrplan der Vormarsch unserer Radiowellen bis ins Elsaß angeordnet worden wäre. Das war gelogen?»

«Hm, ja. Kein DDR-Fernsehen am Rhein, und selbst für Salzgitter kann ich meine Hand ins Feuer legen, da wohnt eine alte Tante von mir, die alles guckt, was sie empfangen kann, und seit dem Aufkommen des Privatfernsehens ganz verzweifelt ist, weil sie nicht mehr nachkommt. Die wäre sonst schon vorher ausgeflippt über die Möglichkeit, eure alten Schinken zu sehen. Obwohl sie die Nachrichten sicher ausgelassen hätte, denn sie haßt den Kommunismus.»

«Wie kann man das? Eine Theorie hassen, die das Beste für die Menschen anstrebt? Ich meine, ich hasse den Sozialismus, wie ich ihn hier erlebe, weil er nichts von dem eingelöst hat, was nötig wäre, damit wir den Kommunismus bekommen. Aber was sagt ein Jugendstreich darüber aus, wie man als Erwachsener wird?»

«Das Problem dürfte sein, daß wir gar keine Erwachsenen kennen, sondern nur die Lausebengel, die Kommunismus spielen. Oder Sozialismus. Sollen wir wirklich glauben, daß die später von ganz allein brav und selbstlos werden? Wo ist denn dein Kommunismus, der funktioniert?»

«Solange es nicht funktioniert, ist es ja noch kein Kommunismus. Sieh mal, ihr hattet Jahrhunderte, um den Kapitalismus zu perfektionieren, wir gerade vierzig Jahre, um etwas aufzubauen, was nicht organisch gewachsen ist, sondern ganz neu, für keinen selbstverständlich, sondern gewagt. Und dann auch noch die Systemkonkurrenz, obwohl der Kommunismus auf die ganze Welt ausgerichtet ist und auch erst dann funktionieren kann, wenn alle mitmachen, wenn sich niemand sperrt und alles durch private Egoismen sabotiert.»

«Sorry, da kenne ich mich nicht gut genug aus. Aber dann hättet ihr, oder besser die Sowjets, eben nicht anfangen dürfen, solange die Weltrevolution auf sich warten läßt. Die Russen sind doch sogar schon ein paar Jährchen länger am Experimentieren, und glaubst du, daß der Kommunismus in Rußland weiter ist als bei euch?»

«Immerhin ist er da noch nicht am Ende, und wer hat denn den entscheidenden Anstoß zu dem gegeben, was vor sieben Wochen passiert ist? Gorbatschow, als er hier war zum Republikgeburtstag. Bei euch in der Tagesschau haben sie doch auch darüber berichtet, wie er den Staatsratsvorsitzenden in die Mangel genommen hat. Meinst du, es ist Zufall, daß ein paar Tage später die Mauer geöffnet wurde? Das ist eine echte kommunistische Reform.»

«Ziemlich gefährliche Reform, würde ich meinen, wenn sie dazu führt, daß die Kommunisten, oder meinetwegen Sozialisten, sich sofort im Kapitalismus pudelwohl fühlen. Kennst du jemanden, der nicht sofort losgelaufen ist, seine hundert Mark Begrüßungsgeld einstecken und Aldi leer kaufen? Meine Oma wohnt in Aachen, Westend, also so westlich, wie Westdeutschland nur sein kann, gleich an der Grenze zu Holland, aber selbst dahin sind die Trabis gekommen, hat sie gesagt, und weiter, in die Märkte von Vaals jenseits der Grenze, wo sie Käse und Erdnußbutter gebunkert haben, und dann zurück im Auto, dessen Auspuff sich kaum noch über dem Asphalt halten kann. So sind wir, Marlene: Wir kaufen euch, indem wir euch bei uns einkaufen lassen. Und wenn es die Vierhundert- oder Viertausendjahrfeier der DDR gewesen wäre, es wäre genauso gekommen. Die Menschen wollen konsumieren. Und eure Politiker lassen das nicht zu.»

«Wäre bei euch ein Arbeiterkind wie Norbert in den diplomatischen Dienst gekommen? Was weißt du von uns, außer daß es hier an allem fehlen soll? Und woran fehlt es dir jetzt? Was ist das in deinem Glas, was steht da in den Regalen, liegt in den Schränken? Habt ihr so was auch alle im Westen?»

«He, kein Grund, heftig zu werden! Nein, so was wie diese Schwenker habe ich noch nicht gesehen. Aber Suff ist vielleicht keine gute Grundlage für den Siegeszug des Sozialismus. Hat das nicht auch Gorbatschow irgendwann gesagt? Komm, laß die Politik. Das werden wir früh genug wissen, wessen System sich durchsetzen wird.»

«Das wissen wir schon, das kann man überall sehen und hören. Wer ist heute bei wem? Ihr seid hier. Wir wären nicht nach Aachen gekommen.»

«Na, Entschuldigung, da hätte sich meine Oma aber auch gefreut über den Besuch. Bis zu uns wären es knapp hundert Kilometer weniger gewesen. Aber wir sind hier gar nicht auf Kaperfahrt, oder was du denken magst. Im Gegenteil. Wir wollten nachholen, was wir zwanzig Jahre lang versäumt haben: DDR-Bürger kennenlernen. Mit ihnen feiern, uns einschwören auf eine gemeinsame Zukunft, und ob die in einem Land oder in zweien stattfindet, ist mir so was von egal, solange es friedlich abläuft.»

«Ach, Mädchen, ich bin betrunken», sie nimmt noch einen Schluck, «das ist Panik vor dem Neuen, weißt du. Angst, wir könnten all das hier verlieren. Schau mal, Norbert arbeitet für den Staat, Mark auch, alle hier arbeiten für den Staat, so ist das im Sozialismus. Nur der Quint, der wurstelt sich als Individuum durch, der hat es irgendwie geschafft, aber der war ja auch aus gutem Hause, und davon ist einiges geblieben, auch Geld, weißt du? Was wird jetzt aus uns, wenn es Norberts Staat nicht mehr gibt? Wer bezahlt uns? Was wird aus Carmen? Wie soll die zurechtkommen, wo sie doch nichts kennt außer dem hier? Sie studiert, hat die Republik auf dem Höhepunkt erlebt, und nun soll alles falsch gewesen sein, was sie jemals gelernt hat.»

«Immerhin wart ihr im Ausland. Das ist doch mehr, als die Leute hier sonst von sich sagen können.»

«Glaubst du, wir wären hier eingesperrt? Ist Bulgarien, ist Rumänien oder Ungarn oder Polen kein Ausland? Oder die Sowjetunion? Die bietet mehr Ausland als ganz Amerika und Westeuropa zusammen. Ich kenne Leute, die auf Kuba waren, Leute, die in Afrika Entwicklungshilfe geleistet haben, in Vietnam, Laos und auch in Indien. Wir waren in Indien, Norbert und ich, aber da hatten wir Carmen bei meinen Eltern gelassen, weil sie noch zu klein war. Nach Syrien kam sie dann nach.»

«Und wie lange wart ihr da?»

«Drei Jahre, aber nur zwei mit Carmen. Das war schwierig, erst wollten sie es nicht erlauben, da hat Norbert aber Dampf gemacht.»

«Galtet ihr als nicht vertrauenswürdig? Fluchtgefahr, oder so was?»

«Wenn wir hätten flüchten wollen, wäre dazu dutzendfach Gelegenheit gewesen.»

«Aber ohne eure Tochter.»

«Was meinst du, wie viele abgehauen sind, ohne auch nur einen Gedanken an ihre Kinder zu verschwenden. Die diese Kinder dann von der westdeutschen Regierung kaufen ließen wie Einrichtungsgegenstände. Ist das nicht pervers?»

«Ist es nicht pervers, die Kinder von Eltern als Pfand

zu behalten, die nichts anderes wollen, als in einem anderen Land zu leben?»

«Genau, das sind Leute, die nichts anderes wollen. Keine Kompromisse, kein Einsatz für den Staat. Nur weg, alles hinschmeißen, was nicht sofort klappt, den bequemen Weg gehen. Und für die Kinder zahlt dann jemand anders. Irgendwer zahlt im Kapitalismus ja immer, da ist ja genug Geld.»

«Dann brauchst du dir doch keine Sorgen zu machen. Dann wird für euch in Zukunft doch auch gezahlt.»

«Jetzt mach aber mal halblang, Mädchen! Hast du die Tausender in der Tasche? Was ist denn dein Papa? Unserer hat sich hochgearbeitet, hat Abendkurse neben der Lehre gemacht, ist dann befördert worden, das geht hier alles, weil man nicht in Positionen hineingeboren wird. Und jetzt kommt ihr, und du wirst dich hinstellen und sagen: Mein Papa, der ist Akademiker, also mache ich auch meinen Doktor, und dann steht da meine Carmen, und was kann die sagen? Mein Papa war in der Partei, war sogar Kader? Ihr werdet Witze über sie reißen, und sie wird nichts kriegen.»

Sie stockt, verstummt, das Brummen des Fernsehers steht plötzlich dröhnend im Raum. Sie weint, die Tränen funkeln im Lichtgezitter des organisierten Frohsinns. Meine Tempos sind in der Jacke, dachte nicht, daß ich die bräuchte. Was will diese Frau von mir? Mich überzeugen, mir ein schlechtes Gewissen einreden? Oder ist da wirklich nackte Existenzangst, Angst um das eigene Junge? Wow, wenn das Elterngefühle sind, will ich garantiert keine Kinder haben. Ich muß mich abwenden, sonst flenne ich gleich mit, und das wäre wie Hohn, denn was hätte ich für einen Grund? «Warte mal, ich frage Mark nach einem Taschentuch.» Sie nickt, ich gehe raus in die Küche, wo der Dünne seine Tätigkeit gerade zum Abschluß bringt: «Na, schon hungrig?» «Hast du ein Tuch? Wir haben was verschüttet.» «Macht nichts, nimm dir das da vom Haken. Oder ist es viel?» «Nee, das wird dicke reichen. Keine Sorge, deine Riesenschwenker stehen noch.» «Gefallen sie dir? Sind was ganz Besonderes. Die sind nur einmal hergestellt worden, als der Laden Geburtstag feierte. Die vier hat mir ein Kollege mitgebracht, der da unten ne Datsche hat. Da staunt die ganze Hauptstadt drüber. Und Bert ist tierisch neidisch auf die Dinger.» «Kann man verstehen. Da reicht ja eins für Vollrausch bei Männern und Alkoholvergiftung bei Frauen.» «Ach was, ein bißchen Trunkenheit hat noch keiner geschadet. Hat Lene dir die Kassetten gezeigt?» «Nein, wir haben nur geredet. Welche Kassetten?» «Och nein, das darf doch nicht wahr sein. Du mußt doch denken, wir leben hinter dem Mond. Warte, ich mach das hier nur fertig und komm dann rüber. Frag Lene doch schon mal nach den Kassetten. Sie weiß Bescheid.»

Zurück mit dem Handtuch. «Danke. Ich weine sonst nie, schon gar nicht vor Norbert.» «Ist schon gut, war meine Schuld.» «Unsinn, was spiele ich mich hier auf als Richterin über dich. Ich kenn dich doch gar nicht, weiß nicht, wer du bist.» «Das können wir ja ändern», Lächeln auf beiden Seiten, «fangen wir von vorne an», ich halte ihr die Hand hin, sie zögert, schlägt ein, «gestatten: Tochter aus bestem Hause. Du hattest ganz recht. Mein Vater finanziert mein Studium, aber ich jobbe trotzdem, um darauf nicht angewiesen zu sein. Romanistik. Was macht

Carmen?» «Sie hat im vergangenen Jahr angefangen, will Lehrerin werden, Mathematik und Biologie.» «Also bin ich keine Konkurrenz.» «Nein, wirklich nicht. Und das Kind macht sich prächtig.» Jetzt strahlt Marlene, und ich verschlucke die Frage, die mir auf der Zunge liegt: Was ist mit Marxismus-Leninismus, Staatsbürgerkunde oder wie das alles hier heißt? Und dürfen nicht nur die Treuesten der Treuen Lehrer werden? Aber sie hat sich wieder gefangen. Ihr Schwenker ist leer, mein Gott, sie muß in den ein, zwei Minuten, die ich in der Küche war, knapp einen Viertelliter Cognac gekippt haben. Doch man merkt es ihr nicht an, es sei denn, ihre tadellose Haltung wäre ein verzweifelter Kampf gegen die Erschütterung von innen heraus, gegen das Anrollen der Flut, der kein Damm auf Dauer gewachsen ist.

Aber noch hält er, und da kommt Mark herein: «Ihr Schlawiner, da ist ja gar nichts mehr für mich übrig. Wartet, ich hole Nachschub.» «Nicht für mich», winke ich ab, «bin gleich wieder da.» In diesem Flur liegt die Badezimmertür direkt neben dem Eingang, ein Kabuff, kein Vergleich mit gegenüber, Chaos aus vergilbten Zeitungen und Kleidungsstücken, die ich nicht näher ansehen will. Es ist genug Papier da, noch rauher als eben, diesmal habe ich das Abreißen schon raus, an der Kante eines Wickeltischs, hat Mark Kinder? Nichts weist hier auf eine Frau hin, der Mann kocht ja sogar selbst. Zur Sicherheit lege ich die Brille mit einer Doppellage Papier aus. Endlich eine Minute Ruhe, die brauche ich jetzt auch, nach dem ersten ernsten Gespräch des Abends, dabei ist es schon Morgen. Im Sitzen schaue ich mich um, kein Spiegel gegenüber, nur ganz rechts auf dem Wannenrand ein kleiner, der steht da wohl zum Rasieren parat, denn daneben liegt in einer Schale ein Dachshaarpinsel, sicher ein Erbstück. Entledigt der sich seines Bartwuchses in der Wanne? Verrückte Welt. Jetzt läuft Musik, die muß aus dem Wohnzimmer kommen, ganz von dahinten, Mensch, sind die Türen hier dünn. Noch mal kurz hoch und den Wasserhahn aufgedreht. Zurück auf den Topf, und als mein Becken sich entkrampft, halte ich zusätzlich eine Handvoll Papier in den Strahl, weil ich nicht will, daß da draußen mein Geplätscher gehört wird.

Gibt es hier warmes Wasser? Soviel Zeit muß sein, ja, Tatsache, da rinnt es lau aus dem Kran, als ich auf der anderen Seite kurbele. Ein Schwall ins Gesicht, Vorsicht, daß die Haare nichts abkriegen, ah, blöd, wie kann man nur so ungeschickt sein. Wie alt ist Mark eigentlich? Jünger als Marlene, älter als ich, also in den Dreißigern? Quatsch, wenn er mit Norbert zusammen beim Militär war, ist der auch über vierzig, aber nicht viel. Die kriegen ja wirklich früher Kinder hier, hat man immer gehört. Was sollen sie auch sonst machen?

Im Flur fällt mir ein, daß ich vergessen habe abzuziehen. Das kommt davon, wenn man Angst hat, gehört zu werden. Noch mal rein, jetzt aber keine Rücksicht, verdammt, ich bin ein Mensch, und ein paarmal am Tag geht's halt nicht anders. Außerdem mischen sich Stimmen in die Musik, also unterhalten die sich. Soll ich wieder zu Norbert und die beiden allein lassen? Aber Mark wollte ja noch etwas vorführen, vielleicht Reisefilme, damit das West-Dummchen sieht, wie schön Rumänien, Bulgarien, Ungarn, Polen und all die anderen sozialistischen Bruderstaaten sein können. Gibt es eigentlich keine Schwesterstaaten? Klingt doch viel besser. Dann mach ich die Tür zum Wohnzimmer auf und erstarre. Da massiert eine riesige Hand eine nackte Brust. Und was für eine Brust, groß wie ein Brotteig, und so wird sie auch durchgeknetet, ein Nippel ragt auf wie ein Schnuller, jetzt ist da ein Mund dran, dann schwenkt der Blick gnädig tiefer, an Flanken und Hüften der Frau entlang, dann hoch, mitten auf den Schwanz des Mannes, steif, glutrot, den müssen sie angemalt haben, und sie hat beide Hände daran, trichtert an ihm herum, mehr Abstand, er beißt sie in die Brust, ihr Kopf hängt im Nacken, wie angehackt, «Sieh mich nicht an, Schlampe, fühl mich nur», «Mach schon, nimm mich», «Nein, du wartest schön, bis ich Lust auf dich habe, aber jetzt schnell, Kopf hoch», und dann zuckt die rote Kuppe und speit in hohem Bogen Sperma aus, wässrige Suppe, die bis in ihr Gesicht spritzt, das ist ein Trick, soviel Zeug, wie da rausschießt, gibt's gar nicht, sie grunzt, während er in ihre Haare greift und sie ranzieht, damit sie den Ausfluß ableckt und schluckt, und dann dreht er sie um, und Mark und Marlene sitzen davor, als schauten sie Sportschau, er stiert, sie leicht abgerückt, aber mit beflissenem Interesse, obwohl sie wissen muß, daß ich in der Tür stehe, daß ich fassungslos bin über das, was sich auf dem Bildschirm abspielt.

Wie komme ich da souverän rein? Jetzt, wo der Penis in Großaufnahme penetriert und die Kamera in wilden Schwenks vom naßglänzenden Gesicht der Frau zu ihrem bei jedem Stoß wackelnden Hintern springt und wieder zurück? Nur noch Gestöhne von dort, also lieber etwas Elaboriertes von mir: «Das Jahr fängt ja gut an. Ist das Eduard Schnitzlers Heißer Kanal, oder strahlt das kapitalistische Ausland subversive Pornosender aus, die wir im Westen gar nicht kennen können?» «Ey, das ist das schärfste Teil überhaupt. Hättest du nicht gedacht, daß wir auch so was haben, oder?» Nein, das hätte ich tatsächlich nicht gedacht. Er ist offensichtlich stolz, sein Gesicht glänzt noch mehr als das der Durchgebumsten auf der Mattscheibe, hat er nicht alles, was man sich nur erträumen kann vom Leben: edlen Alkohol, extravagante Gefäße und ekelerregenden Sex? «Seht ihr so was öfter?» Die Frage richtet sich an Marlene, doch Mark ist schneller: «Klar, ihr etwa nicht? Seid ein bißchen verklemmt, was?» Sie schaut jetzt her, die Augen leer, sie kennt das wirklich, das ist örtliche Betäubung, die sie schätzt: «Mit welchen von deinen Jungs da drüben schläfst du?» Das habe ich jetzt nicht gehört, das kann sie nicht ernst meinen. «Na, sag schon, ich hab doch auch was laufen mit Mark.» «Genier dich nicht, wir gehen hier offen mit so was um.» Sie sehen mich erwartungsvoll an, und vom Regal her klatscht der Beischlaf Beifall. Mein Leben lang werde ich diesen Samenauswurf nicht aus dem Kopf bekommen, diese Bogenlampe aus Tröpfchen, die da in Zeitlupe bis ins Ziel verfolgt wurde.

Spritzlebendig, jetzt muß ich lachen, das ist doch irre, was ich hier erlebe. Ich soll über mein Liebesleben Auskunft geben wie in einer Samstagabend-Talkshow. Was erwarten die? Daß ich mit allen vieren im Bett war – iieh, mit Stepan!? Klar, wir im Westen müssen natürlich auch da weiter sein, aber geht es um eine möglichst große Zahl von Sexualpartnern? Soll ich jetzt Marks und Marlenes Duett zu einer Ménage à trois adeln? Gleich hier, auf dem Cordsofa? Aber die Tür zum Treppenhaus steht ja immer noch offen, und so libertär kann man doch wohl selbst im Sozialismus nicht sein. Was tun? «Du», und dabei sehe ich nur Marlene an, «das ist nichts, worüber ich reden will. Ich bin glücklich mit Thomas.» «Och, wie niedlich», sie ist jetzt obenauf: «Da kann Thomas aber froh sein, daß er dich für sich alleine hat. Aber irgendwas stimmt doch bei dir nicht, da ist doch was. Komm, sag schon.» Sie legt Mark die Hand aufs Knie. Er grinst debil, ist aber wenigstens ruhig, er weiß, daß das jetzt nur zwischen Marlene und mir läuft. «Nichts ist da, gar nichts.» Ich hab mich wieder gefangen. «Kann Thomas wirklich froh sein», sie läßt anzüglich ihre Blicke an mir herabwandern, als zöge sie meine Konturen nach. Nun aber Offensive meinerseits: «Wäre Norbert wohl auch froh.» Sie erstickt fast vor Lachen, und selbst Mark gluckst. «Norbert? Der ist froh, daß er nachts nicht noch mal ranmuß, wenn er von seinen Küken zurückkommt. Manchmal schickt er mich sogar selbst zu Mark.» «Der saß schon hier, der Bert, neben uns, und hat zugeschaut.» Darf ich mir jetzt wohl aussuchen, ob sie den Porno oder etwas anderes meinen. Denkt nur nicht, daß ich nachfrage, sonst fangt ihr am Ende an, euch auszuziehen, und wenn ich eines im jungen Jahr nicht sehen will, dann ist das die Vereinigung zweier Vierzigjähriger.

7.

Er sagt nicht, was er denkt.

Tommy sitzt neben Stepan, beide halten ein Glas in bedenklich zitternden Händen, in der anderen jeweils eine Kippe. Seit wann raucht denn der Peppone? Und Tommy hat es doch aufgegeben, als ich ihm anläßlich einer Zigarette danach erklärt habe, daß ich Rauch auch unten schmecke, und das sollte er sich überlegen. Als wir aus Marks Wohnung zurückgekommen sind, hat Sixtus so triumphierend geschaut, ich wette, daß sie wieder mal gewettet haben.

Er war rübergekommen, «nur kurz gucken, was ihr macht», und hatte mich auf der Schwelle zum Wohnzimmer vorgefunden, denn da hätten mich keine zehn Pferde mehr reingebracht auf dieses Cordinstrument zu den beiden Freunden der rhythmischen Sportgymnastik. Kein Wort von Sixtus dazu, nur ein schneller Blick zur Flimmerkiste, dann mir voll in die Augen. Nicht die Spur von Verlegenheit, nur ein bißchen Neugier, was ich davon wohl gesehen habe, was in meine Pupillen eingebrannt ist vom Gewinde und Gelecke. Bin ich noch vollwertig für Tommy, unberührt? «Wir haben uns etwas über eure Konversation gewundert.» Hatten Marlene und ich so geschrien? Hatten sie alles gehört? O Mann, wie beschämend. Dann wanderte sein Blick für einen Wimpernschlag zum Fernseher, und ich verstand den Witz. «Ja, war eine heiße Diskussion. Ich habe etwas die Contenance verloren, aber Marks Argumentation war einfach zu flüssig.» «Überflüssig sogar», schrillte Marlene und ließ die gekrümmte Rechte hektisch auf und nieder zucken. Der linke Mundwinkel von Sixtus ging nach oben, das sah süß aus, so ironisch, eine Falte darüber zog sich bis zum Auge, und in dem lag ein grüner Glanz, den ich noch nie bemerkt hatte. So grüne Augen. Kontaktlinsen? Nein, Sixtus ist ja nicht Makro. Oder Linsen als rein kosmetisches Utensil? Soll es ja bei Männern neuerdings auch geben. Seltsam, das Wort Mann paßt gar nicht recht zu einem der Jungs aus der Clique. Ob ich wohl auch so mit einem Blick an seiner Silhouette entlang kokettieren konnte, wie Marlene eben bei mir? Ungläubig starrte ich ihn an, ungläubig, Thomas, Tommy, was heißt eigentlich Sixtus? Siggi klingt furchtbar. Wollte Marlene mich reinschwatzen in ein Abenteuer mit dem Smaragdmann?

Mark hatte den Film ausgestellt. «Schaut ja eh keiner mehr hin.» «Unsere Augen sind anderswo», wieder Gegakker von Marlene. Ich muß blöd ausgesehen haben, wie ich da stand, an den Türrahmen gelehnt, Sixtus vor mir, uff, er hatte die linke Hand über mir an den Pfosten gestützt, das war ja so macho, als wollte er mich zum Wohnzimmer hin abschirmen, aber zugleich auch jede Flucht verhindern. Sollte ich ihn küssen? Aber Marlenes Gejohle wäre bis in die andere Wohnung zu hören gewesen. Also weg mit solchen Gedanken. Es war spät geworden, früh am Morgen. «Was habt ihr denn so gemacht?» fragte ich, um abzulenken. «Weniger pikante Dinge als ihr», noch mal dieses halbseitige Lächeln, «in jeder Beziehung. Das Zeug, das Norbert ausschenkt, ist furchtbar. Und die Musik war zuletzt auch nicht mehr auszuhalten. Wir brauchen dich, dich und deine schlechte Laune, damit sich das da drüben zum Besseren wendet.» «Dann laß uns rübergehen.» Gleich kam ein enttäuschtes «Oooch» vom Sofa. Aber Mark schloß sich uns an, und so hat auch Marlene kapituliert.

Ja, das Gejammer aus den Lautsprechern ist gräßlich. Überschnappende Frauenstimme auf Reggae, Quint wippt dazu mit dem Fuß, ist aber dermaßen in sich gekehrt, daß er wie hypnotisiert aussieht. «Der hat, seit du gegangen bist, kein Wort mehr gesagt», flüstert mir Sixtus zu. Die anderen reden dafür um so mehr, sogar Makro, der neben Norbert auf der Couch lungert, die Beine weit ausgestreckt, aber so konzentriert aufs Gespräch, daß er unsere Rückkehr gar nicht bemerkt, und das ärgert mich fast ein bißchen. Tommy winkt, aber die Bewegung ist so diffus wie sein Blick, und aus Stepans Mund kommt gerade eine unglaubliche Wortverdrehung, die er rasch zu korrigieren versucht, nach zwei Wiederholungen gibt er es auf. Norbert lacht, aber auch das klingt nicht mehr besonders kontrolliert: kein Wunder, daß Sixtus Beistand gesucht hat. In seiner Verzweiflung könnte er sogar Quint angesprochen haben, doch der reagiert nicht mal, als Mark ihm jetzt auf den Rücken klopft. «Was hast du denn da aufgelegt? Das ist ja ein Anlaß für Republikflucht.» Dann geht er an den Plattenspieler und nimmt die Nadel hoch. Ruhe, himmlische Ruhe, sie müssen die Anlage ziemlich aufgedreht haben. «Was is'n los? Stören wir jemanden?» Tommy hat sich hochgedrückt und schwankt mir entgegen: «Hier im Haus ist Norberts Wort Gesetz, und seine Musik ist Nationalhymne.» Wilde Zustimmung vom Gesetzgeber, erneutes Klackern der Bierflaschen, das ganze Zimmer stinkt nach Alkohol, vor allem aber die spitzen Lippen, die nun vor meinem Gesicht darauf warten, begrüßt zu werden. Ich drücke ihm einen Kuß auf die Bakke und streiche mit dem Zeigefinger über seinen Mund, mach ihn damit zu, dann schiebe ich meine Hand über seine Schulter und drehe ihn sanft weg, so daß ich den Kopf anlehnen kann. Keine Gefahr der Mund-zu-Mund-Beatmung mehr. Marlene sinkt neben ihren Mann und schmiegt sich ihrerseits an, mit einem Schlag keine Spur mehr von Anzüglichkeit. Daheim herrschen anscheinend andere Sitten als beim Liebhaber. Der müht sich weiter um Quint, und Makro schwadroniert und schwadroniert: «Natürlich ist das unfair, jetzt alles kleinzureden, was hier geleistet wurde. Nimm nur die Möglichkeit des Studiums nach abgeschlossener Berufsausbildung. Das ist viel durchlässiger als bei uns, wo das alleinseligmachende Abitur gilt. Was bilden wir uns nicht ein auf die Berufsschulen, aber wohin führen sie? Nur zu einem besser ausgebildeten Arbeiter, der jedoch kein Recht auf weiterführende Schulen mehr hat. Also Augenwischerei, kluge Leute, deren Klugheit an der Werkbank vergammelt, die wissen, wie man im Futur 2 schreibt, aber keine Zukunft gehabt haben werden.» «Matthias, was biste gebildet!» Tommy spielt seine Bewunderung mit proletarischer Grandezza, löst sich wieder von mir und läßt sich auf die andere Couch fallen. «Wohl selbst ein verhinderter Wanderer auf dem zweiten Bildungsweg? In welcher Fabrikhalle wirste denn ausgebeutet?» «Man muß nicht immer selbst betroffen sein, um etwas falsch zu finden. Das Grundprinzip der beruflichen Bildung ist richtig, aber nicht zu Ende gedacht, und nur weil es die DDR ist, die die richtigen Konsequenzen gezogen hat, kann man das doch nicht ablehnen.» «Du erklärst denen gerade ihr Land, merkste das nicht? Was weißte denn über die Wirklichkeit hier? Da dachte ich, ich hätt nur einen Pseudomarxisten mitgebracht», kleiner Seitenhieb in Richtung Stepan, der ein leicht debiles Lächeln aufsetzt, «und dann sind es plötzlich sogar zwei.» «Aber er hat recht», Norberts Gurgelstimme klingt noch zurechnungsfähiger, als sein Lachen eben vermuten ließ. Er hat einen Arm um Marlene gelegt und krabbelt nun durch ihre Frisur: «Ein paar Dinge sind hier auch geglückt, und zwar nicht nur im Sport. Der da», er hebt das Kinn zu Mark hin, «der hätte sich nach der Schule nie aufgerafft zu studieren. Das war ein Versager, der erst die Lehre und dann die Armee gebraucht hat, um zu sich zu kommen. Und da gab es dann jeweils Möglichkeiten, sich weiterzubilden, und heute ist er ein Mann, der seine Familie ernähren kann.» War da nicht gerade ein Aufflackern von Zorn in Marks Gesicht? Offensichtlich hat Norberts Schlag gesessen. «Und noch mehr», setzt er nach, kneift Marlene in den Arm, und die streichelt ihn dafür.

«Du hast Kinder?» Makro weiß nicht, was ich weiß, und Familie war für ihn immer ein Thema. «Schlafen die schon?» «Wie könnten die, bei eurem Lärm», ich versuche zu retten, was zu retten ist, aber Mark ist schon in ein dumpfes Brüten verfallen und hat sich auf einen Stuhl vor der Balkontür zurückgezogen. Norbert kartet nach: «Dem ist die Frau weggelaufen mit dem Stammhalter. Hat jemand Besseren gefunden – was man von ihm nicht behaupten kann.» Dieses Arschloch. Wir sollten hier weg, wir werden reingezogen in eine große Beziehungskiste, und am Ende dürfen wir das keifende Ehepaar trennen, den Hausfreund der Gemahlin vor einem Mord bewahren, und welche Rolle der stumme Quint noch spielen mag, will ich mir gar nicht ausmalen. Aber Anzeichen für einen baldigen Aufbruch gibt es nicht. Nur Sixtus dürfte jederzeit bereit sein zu gehen. Sollen wir zu zweit? Doch wenn ich jetzt mit dem allein losziehe, landen wir im Bett. Also setze ich mich neben Quint, das ist unverdächtig, sollen die sich doch die Köpfe einschlagen, ich halte mich da raus und warte ab. Tommy kriege ich hier nicht losgeeist, das ist klar, er hat schon wieder eine neue Flasche geöffnet und ist in irgendeinem albernen Gespräch mit seinem Peppone. Warum lasse ich ihn nicht hier sitzen? Verdient hätte er es allemal, erst die Treulosigkeit am Brandenburger Tor, jetzt das beschickerte Desinteresse, was hält mich eigentlich zurück? Sixtus hat sich hingekauert und fächert den Plattenstapel durch, zieht eine aus der Hülle und legt sie auf. Hei, Madonna, auch im Osten, Calypso für die blaue Stunde, und leiser hat er die Anlage auch gestellt. Was hält mich eigentlich zurück?

«Was habt ihr bei Mark gemacht?» Aufgehorcht, der Steinblock neben mir spricht: «Seinen Cognac probiert?»

So nüchtern wie Quint ist hier keiner mehr, der verdient eine Antwort: «Probiert ist eine nette Umschreibung. Wir wurden abgefüllt.»

«Merkt man dir gar nicht an. Ihr dagegen schon», ein Nicken in Richtung Marlene, «sie macht immer auf Kätzchen, wenn sie zuviel gebechert hat.» Hat der etwa auch was mit ihr? «Die Riesenschwenker?»

«Genau, ebensogut hätte er das Waschbecken für uns füllen können.»

«Macht er immer so. Kann er sich nicht verkneifen. Die Gläser sind sein ganzer Stolz. Sonst ist da ja nichts mehr.»

Will der mich jetzt auch da reinziehen? Aber die Neugier siegt: «Seit wann ist er denn allein?» Ich habe die Stimme gesenkt, aber Mark ist ohnehin weggedämmert auf seinem Stuhl an der Balkontür.

«Schon seit sieben, acht Jahren, da war der Kleine gerade geboren. Und Mark saß jeden Abend vor einem seiner Riesengläser, gefüllt mit allem, was zur Hand war. Teilweise gemischt, teilweise pur. Dann auf ex. Zweimal mußte ich ihm den Magen auspumpen lassen. Daß er das überlebt hat damals, das ist es, was ihn stolz macht, weshalb er seine Schwenker vorführt.»

«Ihr seid befreundet?»

«In der Drecks-DDR gibt's keine Freundschaft. Ich weiß, was Mark macht, aber nicht deshalb habe ich ihm geholfen, ich brauchte keinen Persilschein. Ich mochte seine Frau – nicht, was du jetzt denkst, sie kam aus der Nähe der Tschechoslowakei aus ner katholischen Familie und hatte etwas, was hier in Berlin selten ist: Mut zur Ehrlichkeit. Regelmäßig ist sie sonntags in die Hedwigskirche, obwohl Mark sie davon abbringen wollte, aber sie hat nie eine Ausrede dafür gesucht. Ich bin manchmal mitgegangen, und da hat sie mir erzählt, daß sie ihn wirklich mag, obwohl er sich für den Staat entschieden hatte. Das konnte nicht gutgehen, aber was Norbert eben gesagt hat, stimmt nicht. Sie hatte keinen anderen, zumindest nicht, als sie ging. Sie hat es nicht mehr ausgehalten, weil sie gemerkt hat, daß sie dabei war, sich zu verbiegen.»

«Und wo ist sie hin?»

«Zuerst nach Lichtenberg, das ist noch Berlin, dann zurück zu ihren Eltern, natürlich ohne Scheidung, aber Mark will sie nicht mehr sehen, und ich glaube, er hat auch den Jungen seit damals nicht gesehen. Zahlt aber brav für ihn. Der Mark ist in Ordnung. Er wirkt wie ein Wrack, aber er ist der Beste von uns hier.»

«Und du?»

«Nichts wirklich Erwähnenswertes. Eine für hier ganz normale Geschichte. Vater Kaufmann, Mutter aus gutem Hause, Klavierspielerin, jede Menge Allüren und höchste Erwartungen an ihren Sohn. Konnte ja nicht gutgehen hier in der Republik.»

«Was machst du jetzt?»

«Die Zeit totschlagen. Tagsüber Fremdenführer durch das alte Berlin, manchmal auch abends, Nikolaiviertel im Schein von Gaslaternen oder sonst ein Betrug. Das hat mir Mark verschafft, denn normalerweise kommen an solche Jobs nur die Hundertzehnprozentigen, wegen der Westkontakte, die sich dabei zwangsläufig ergeben. Aber ich habe keinen politischen Ehrgeiz. Ich möchte in Ruhe gelassen werden. Darum war es die Hölle, als Norbert hierherzog. Mark hatte mir von ihm erzählt, aber hätte ich ahnen können, daß die Freundschaft zwischen den beiden so weit geht, daß Norbert sich in derselben Siedlung eine Wohnung sucht? Die älteste Mieterin haben sie seinetwegen rausgeekelt, und ich kann froh sein, daß ich nicht auf der vom hohen Herrn angestrebten Etage lebte. Als er zurückkam, nach sechs oder sieben Jahren Ausland, hat Norbert sich sofort an Mark rangemacht, die beiden waren nicht mehr zu trennen, und schließlich auch Marlene … aber das ist …»

«Hat sie mir erzählt.»

«Dachte ich mir, als ich gesehen hab, wie sie sich an Norbert gekuschelt hat, nachdem ihr zurückgekommen seid. Alkohol macht seltsamerweise ein schlechtes Gewissen. Für Mark ist die Frau Gift.»

«So unschuldig ist er aber auch nicht. Was der so im Schrank hat.»

«Was denn?»

«Die Filme.»

«Ach ja, seine Pornosammlung. Hat er einen gezeigt? Der Blödmann. Aber die Dinger sind alle von Norbert, Andenken an die Jahre im diplomatischen Dienst. Die durfte Marlene mit rübernehmen, damit es besser flutscht zwischen den beiden.»

«Also ist das wirklich gewollt, von Norbert?»

«Na klar, so hat er alles Recht der Welt, seine eigenen Liebschaften zu unterhalten. Ich bin sogar fast sicher, daß er erst Marlene verkuppelt hat, ehe er selbst auf Damenjagd ging. Sieht ja auch besser aus, in der Kaderakte: Betrogener Mann revanchiert sich. Da staunen die Kollegen und klopfen ihm auf die Schulter, was für ein toller Hecht er doch ist, daß er sich das nicht bieten läßt. Und im schlimmsten Fall kann man sich immer noch darauf herausreden, daß ein Liebhaber von der Firma als staatstragende Affäre gilt.»

«Welche Firma? Die Materialbeschaffung?»

«Hat er dir das erzählt?»

«Sie.»

«Tja, glaub es mal lieber nicht. Materialbeschaffung ist zwar ne nette Metapher, trifft aber die Sache nicht ganz. Immerhin ist Mark einer, der sich manchmal auch für Freunde einsetzt, die nicht zu den Lieblingen der Nomenklatura zählen.»

«Für dich, nehme ich an.» Aber nun bleibt er still.

Marlene ist eingeschlafen, und Norbert spielt den Fürsorglichen, hat ihren Kopf ganz vorsichtig auf die Lehne gebettet. Auch Makro röchelt leise vor sich hin. Die Gespräche sind verstummt, Tommy und Stepan halten sich an ihren Flaschen aufrecht. Sixtus flüstert mit Mark. «Wie spät ist es?» Eine Armbanduhr trägt Quint nicht. «Es wird auf fünf zugehen. Warte mal.» Er rappelt sich hoch. «Wohin willst du?» «In die Küche, da hängt eine Uhr.» «Ich komme mit.» Ja eben, raus hier, Tür hinter uns zu, ein wenig Atem holen, zur Küche geht es durch die Tür ganz rechts, auch hier picobello Einrichtung, glänzende Kunststoffplatten, Hängeschränke, die Herdplatten tadellos sauber, und der Kühlschrank brummt vor Arbeitsfreude, blasses Leuchten aus einem orangefarbenen Chinesenhut, der an einem gekräuselten Kabel aufgehängt ist, auf der Arbeitsfläche liegen die leeren Salzstangenhüllen, hinter dem Fenster ist nur noch Schwarz.

«Ja», bestätigt er sich selbst, «Viertel fünf.» Einen Moment schaue ich zurück, auf die Garderobe, jetzt die Jacke an und ab nach Hause. Aber wo bekomme ich hier ein Taxi? Quint liest meine Gedanken: «Du kannst die Straßenbahn nehmen, Linie 50, die ist seit vier schon wieder unterwegs und fährt am Grenzübergang Bahnhof Friedrichstraße vorbei. Dauert aber, die Fahrt.» «Danke. Aber ich kann die anderen nicht einfach hierlassen.» «Die sehen auch aus, als gehörten sie ins Bett.» «Da kennst du Tommy schlecht. Das hier muß bis zum Letzten ausgekostet werden. Solange noch jemand wach ist, kann der nicht gehen.» «Und wenn du nun weg wolltest?» Gute Frage. Würde er mitgehen, mir zuliebe? Ja, wahrscheinlich schon, aber das Murren würde die ganze Rückfahrt über nicht aufhören, außer ich könnte die Gruppe bewegen, sich uns anzuschließen. Makro wäre jetzt kein Problem mehr. Wenn der erst einmal weggetreten ist, kann man ihn leicht um den Finger wickeln. Bei Sixtus setze ich auf Vernunft, aber Stepan ist ein Risiko, denn was er und Tommy mittlerweile geschluckt haben, möchte ich nicht mal schätzen. Quint tippt mich am Ellbogen an: «Komm, wir bleiben hier. Da können wir uns setzen, und etwas zu trinken gibt es auch.» «Aber bitte keinen Alkohol mehr.» «Keine Sorge.» Wir lassen die Tür offen, der Tisch mit drei Stühlen steht gleich links in der Ecke. Ich setze mich mit Blick in den Flur, er holt zwei Flaschen aus dem Kühlschrank: «Sprudel oder Milch?» Was für eine Wahl am frühen Morgen.

Die Milch hat einen seltsamen Geschmack, irgendwas zwischen hoher Haltbarkeit und Stallfrische, von beidem das Schlechteste. Doch schon beim Gedanken an das Prickeln von Mineralwasser kam mir der bulgarische Sekt wieder hoch, den etliche Stunden und die Cognacmassen offenbar nicht haben neutralisieren können. Ich setze das Glas ab, Quint wischt sich über den Mund, ich verstehe und mache es ihm nach, brauche jetzt nicht auch noch einen Milchschnurrbart, um meine Clownsexistenz zu befestigen. Er sagt etwas, und ich schrecke hoch, muß eingenickt sein. Für wie lange? Bestenfalls eine Sekunde, denn Quint füllt gerade mein Glas nach. «Nein, nein», ich greife an seinen Arm, er hört auf, ich lasse die Hand da liegen, weil er mich ansieht. Dann legt er seine Hand auf meine, und so sitzen wir uns gegenüber, ein Paar in der Tristesse eines ersten Januarmorgens. Lange sitzen wir so. Wie alt ist Quint? Auch Anfang vierzig? Nein, die großbürgerliche Mutter, das Klavierspielen. Die anderen drei, das sind alles unmittelbare Nachkriegskinder, die nichts gesehen haben außer DDR. Aber ich habe ja auch nichts gesehen außer BRD. Der eine Trip nach Ostberlin vor vier Monaten. Pergamonmuseum, Gendarmenmarkt, die Buchhandlung Unter den Linden, um meinen Zwangsumtausch loszuwerden, nachdem mein guter Vorsatz, die fünfundzwanzig Mark einfach zu verfressen, schon in der ersten Bäckerei gescheitert war, in der ich zwar ein Stück Obstkuchen auf die Hand bekam, das aber so billig und so voller Kerne war, keine Kirsche entkernt, daß ich es weggeworfen habe und die Hoffnung aufgegeben, im Osten etwas Genießbares zu bekommen. Also Brecht-Werkausgabe, ein Band mit Dramen lag stapelweise da rum, Kooperation mit Suhrkamp, davon hatte ich gehört, also kein ideologisches Risiko.

Ist das ein Risiko hier? Was sage ich, wenn Tommy in die Küche kommt? Oder Sixtus? Quints Augen sind erloschen, sie liegen in tiefen Höhlen. Keine Falte in diesem Gesicht, gestraffte Haut wie Papier über einem Marmeladenglas, und unwillkürlich suche ich hinter seinen Ohren Gummizüge, die dieses Gesicht aufspannen. Es ist ausdruckslos, auch jetzt, kein Wille darin, keine Absicht. Er ist einfach nur da, sein Arm unter meiner Hand und seine Hand obendrauf, kalt, starr, eine Leichenhand. Soll ich mit der Rechten dieses Gesicht berühren? Ich hebe die Hand in Zeitlupe, damit er zurückschrecken kann, aber nicht einmal die Pupille bewegt sich. Ich sehe meine Hand auf dem Weg zu seiner Wange, dirigiere sie ein Winziges nach oben und lasse meine Fingerspitzen über seine Schläfe streifen. Er rührt sich nicht. Auf der anderen Seite des Flurs geht die Wohnzimmertür auf, Mark kommt heraus und geht an uns vorbei zur Toilette, kein Seitenblick. Sind die hier alle Zombies? Ich ziehe beide Hände zurück, die Linke löst sich unter seiner federleichten, als habe sie in einem Blätterhaufen gesteckt, ohnehin Schwachsinn, was ich hier tue. Quint muß eingeschlafen sein, anders ist das nicht zu erklären. Ich nehme das Glas auf und stelle es laut wieder ab. Tatsächlich, er zuckt auf.

«Noch Milch?» Wo war er die letzten zwei Minuten? Oder ist er ein brillanter Schauspieler? Aber warum sollte er gespielt haben? Um mich nicht zu enttäuschen, frustrierte Westschickse bettelt um Zärtlichkeit, und er lacht darüber, ist aber ganz Kavalier. «Willst du wieder reingehen?» Ich schüttele den Kopf. «Willst du ein Kissen?» «Das könntest du wohl selbst besser brauchen.» «Ich bin nicht eingeschlafen. Ich habe so etwas nur seit Jahren nicht erlebt.» Ich senke die Lider, was nun? Als ich wieder zu mir finde, habe ich die Hand vor dem Mund. Wie ist sie da hingekommen? Und was macht der mit mir? Was ich mit ihm? Augen auf: Er sitzt noch da wie zuvor. War das süß, dieses Geständnis völliger Ratlosigkeit. Doch zugleich weiß ich auch, daß da nichts bei mir ist, was über Mitleid hinausgeht. Mitleid mit einem, der dick ist und schlecht gekleidet, der gescheitert ist und verbittert. Mit einem, der ehrlich ist. Der also keine Chance hat, bei mir nicht und nicht da draußen, weder gestern, im Jahr 1989, noch heute, im Jahr 1990, und schon gar nicht morgen, in all den Jahren, die da kommen werden. Egal, wer mit wem geht.

Von nebenan dringen seltsame Geräusche durch die Wand. Mark hängt wohl über der Schüssel, ich setze ein Lächeln auf, und Quint macht es nach, erste normale Reaktion, ein Ausweg für uns beide. «Hast du noch etwas Milch?» «Aus Norberts Beständen immer.» Mein Auflachen ist etwas zu laut, und er trägt die Flasche zurück zum Kühlschrank, sinnlos, denn da ist nur noch Bodensatz drin, aber so gewinnt er Zeit. Nebenan läuft die Spülung. «Wer ist denn der Unglückliche?» «Mark.» Neues Schweigen, auch im Bad herrscht wieder Ruhe, Mark sammelt sich wohl. Quint ist zurück am Tisch, bietet eine angebrochene Dose Sardinen an: «Gastmahl des Meeres gefällig?» «Zur Milch?» Ich schüttele mich. «Da ist sonst nichts mehr im Kühlschrank. Die Schnittchen hat Marlene ja schon serviert.» «Mangelwirtschaft.» Er zuckt zusammen, das war wohl keine gute Idee, in die vermeintliche Intimität etwas Ironisches einzubringen. Drüben geht die Tür auf, Marlene huscht raus, ich will schon rufen, daß das Bad noch besetzt ist, aber sie versucht es gar nicht, macht die Tür an der Stirnseite des Flurs auf, wird sich wohl hinlegen wollen, verschwindet. Gähnen, neidisch sein. Ich stehe auf und laufe im Türrahmen zum Wohnzimmer fast in Tommy, der gerade herauskommt, aber für seine mutmaßliche Promillemenge noch ziemlich beweglich ist und dem Zusammenstoß ausweicht. Dann erkennt er mich, kurze Berührung, Spitzmund, Winken, und er schließt hinter mir die Tür.

Ort des Grauens, aber wie schön wäre das, wenn wenigstens auch der Morgen graute. Es stinkt wirklich wie in einer Spelunke. Makro schnarcht jetzt, Sixtus hat sich zu Stepan und Norbert gesetzt, und die drei sehen mich an wie eine Erscheinung. «Ja, Jungs, es ist früh, die Fassade bröckelt», sage ich forscher als beabsichtigt. «Willst du noch was?» Der Hausherr wedelt hektisch mit gleich zwei offenen Bierpullen, die aber leer sein müssen, sonst hätte er jetzt die ganze Couch getauft. «Nein danke, aber allmählich sollten wir wohl mal an die Rückfahrt denken. Bevor ich noch fertiger aussehe.» «Komma rübber, du Schöne», Stepan klopft lallend auf die Sitzfläche neben sich, «außer dir da schaffts kinner mehr, Makro außer Tiefschlaffaffaphase ssu reißen, aber selbsttu mussest dazu Kraffff habbn. Stärktisch.» Er hält mir das Glas mit Salzstangen hin. Warum nicht? Ich setze mich auf die Seitenlehne und ziehe das linke Bein unter, das Knie in seine Richtung vorgestreckt, für Annäherungsversuche ist das nicht der Moment, Stepan. «Daß du nur wagst, so zu reden, weil Tommy gerade raus ist, das ist auch klar, du Memme.» Wo ist Tommy eigentlich? Und wo Marlene? Sixtus streckt sich: «Thomas wird wohl einiges von sich zu geben haben.» Norbert hat Wolfsblicke aufgesetzt, schiebt ein zweites Glas mit Nüssen zu mir her. Wieso plötzlich so nett? Wohl zu spät geworden für einen Besuch bei einer seiner Frauen? Da nimmt man, was da ist. Ich kontrolliere meine Garde, auf die könnte ich mich nicht verlassen, Gardist eins ist austreten, Nummer zwei bekommt gar nichts mit, Nummer drei liegt mit mir sowieso über Kreuz, und der vierte, dessen Eingreifen ich gerne einmal sehen würde, sitzt so verkrampft da, daß er sich im Ernstfall wohl kaum würde lösen können. Aber der große böse Wolf ist selbst eher schläfrig, da wird es die vier kleinen Schweinchen nicht brauchen. Paß auf, du da, dich mache ich allemal fertig.

Das hat er kapiert, Norbert nickt nun selbst ein. Auch Stepan ist nicht gerade frisch, also hält mich Sixtus bei Laune: «Was hast du mit Quint beredet?» «Er hat mir was zu trinken geholt, weil ich nach all dem Fusel schon Nachdurst hatte. Aber die Milch hier – puäh.» «Seltsamer Typ.» «Kannst du laut sagen. Aber wohl nicht nur er.» Ich schaue zu Norbert, der ist jetzt ganz hinüber, ein erloschener Vulkan, sein weit offener Mund ein Krater, der Makros Schnurcheln bereits übertönt. Und Stepan sieht aus, als gäbe er bald die dritte Stimme im Schnarchkonzert ab, Sixtus und ich sprechen über ihn einfach hinweg: «Eine drollige Gesellschaft.» «Mein Amüsement hält sich in Grenzen.» «Ich habe mir eben von Norbert erzählen lassen, was Mark genau arbeitet. Der kann sich warm anziehen, wenn das rauskommt nach Abwahl der SED. Oder der PDS.» «Wieso, was macht er denn genau?» «Stasi.» «Marlene hat mir erzählt, er sei Materialverwalter oder so.» «Hat Norbert ein bißchen anders dargestellt, und Mark ist dann auch sofort abgerauscht. Die gehen ganz schön hart miteinander um, diese Genossen.» «Jeder will eben seine Haut retten. Würdest du auch tun, mich verraten, meine ich, wenn was auf dem Spiel steht.» «So ein Quatsch! Woher willst du das denn wissen?» «Was habt ihr über mich geredet, als ich vorhin drüben in Marks Wohnung war? Oder jetzt eben mit Quint draußen?» «Na, nix natürlich.» «Hör doch auf. Ich kenne Tommy, der stoppt keinen, der über mich herzieht, wenn ich nicht dabei bin.» «Und wer bitte sollte über dich herziehen? Dein Ex etwa, der immer noch rettungslos in dich verknallt ist? Der Penner zwischen uns, der mittlerweile kein vernünftiges Wort mehr rauskriegt? Ich vielleicht?» «Wie wär's mit Norbert?» Das flüstere ich nur noch, denn mir fällt Quints Scheinschlaf ein, vielleicht machen die das hier alle so. «Was könnte Norbert gegen dich haben?» «Wieso verteidigst du ihn? Und was ist mit dir selbst? Hast denn du was gegen mich?» «Nee, so ein Quatsch, Mensch, es ist einfach zu spät.» «Finde ich auch. Jetzt sollten wir wirklich gehen.» «Frauen wollen immer nur weg.» «Blöder Chauvi! Frauen wissen einfach, wann es gut ist. Und hier ist es schon eine ganze Weile nicht mehr gut.» «Eben. Und man soll doch gehen, wenn es am schönsten ist. Ist es das etwa? Also laß uns mal warten, ob es wieder besser wird.» Er schmunzelt, der ist wirklich noch auf Draht. «Und worauf soll ich warten? Was könnte mir hier Schönes passieren?» «Hmm, weiß nicht … Vielleicht ein Sprachkunstwerk von dem da.» Stimmt, Stepan ist jetzt leicht seitwärts weggekippt, aus seinem Mundwinkel seilt sich ein Speichelfaden ab, aber die Augen sind weit offen, riesig, sieht so Delirium aus? Ich stupse ihn an und murmele ihm mit Dunkelstimme ins Ohr: «Peppone.» Sixtus prustet los und nähert sich von der anderen Seite: «Jetzt wir beide: Peppone.» «Peppi-Schatz. Zeit für die Heia.» «Hörst du? Sie geht auch mit.» «He», dafür fängt er eine. «Au!» Aber er strahlt, reibt kurz die Wange an der Schulter und macht weiter: «Nun komm schon, Retter von Witwen und Waisen, Vorkämpfer der Weltrevolution. Du bist zu Hause, aber hier muß richtig ausgemistet werden. Da mußt du anpacken, wach au-hauf!» Das brüllt er so, daß

Norbert wieder munter wird. «Was war denn? Ist Lene … Mann, mein Kopf! Ich muß mal kurz weg.» «Wird wohl nen Stau am Klo geben», raunt mir Sixtus zu und springt hinter Norbert her, der in seiner Eile die Tür weit aufgestoßen hat, blickt ihm nach, in den Flur rein, ich höre ein Dotzen, Holzkopf gegen Holz, «Verdammt!», noch mal Poltern, ein erschreckter Ruf, das muß Quint sein, Wasserrauschen, dann zieht Sixtus die Tür wieder zu und setzt sich hinter mir auf die Lehne.

Er hat die Arme hinter dem Rücken verschränkt, wie um sich zu zügeln. Ist das nötig? Fast hätte ich gelacht. Ich rücke schnell ein Stück näher, und er kommt ins Wanken und rutscht von der Couch. Tja, alles eine Frage der Balance. So ein verdutztes Gesicht habe ich selten gesehen, und allemal nicht beim siegessicheren Sixtus. Er rappelt sich hoch, nimmt jetzt mit einem gewissen Sicherheitsabstand neben mir Platz, und ich lasse mich langsam zu ihm hinsinken, und da ich den Kopf über die Schulter zurückgebeugt habe, kann ich die lustvolle Panik in seinen Augen sehen, aber ausweichen geht auch nicht, das wäre Feigheit vor der Freundin des Freundes. Die von ihm hergestellte Distanz reicht genau hin, um den Kopf in seinem Schoß zu bergen, und da liege ich nun und schaue ihm ins Gesicht: Mach was, wenn du willst. Er kämpft mit sich, aber dann zieht er seine rechte Hand doch langsam unter mir hervor und legt sie vorsichtig auf meinen Bauch, während die linke damit beginnt, mein Haar zu streicheln. Gut. Ich schließe die Augen. Es geht ein Ruck durch seinen Körper, denn wenn ich ihm jetzt einschlafe, kann er keinen Gewinn aus der Situation ziehen, und am Ende wacht Stepan auf oder kommt Tommy zurück. Ich öffne die Augen wieder. Klasse, wenn er rot wird.

«Sixtus?» «Hm?» «Laß uns einfach so bleiben, ja?» «Ja, klar.» Und trotzdem beginnt jetzt seine andere Hand einen leichten Flug über meine Bauchdecke, immer in vorsichtigem Abstand von prekären Zonen, und dann muß ich wirklich kurz eingeschlafen sein, denn als ich wieder zu mir komme, sitzt drüben Quint. «Hab ich dich geweckt? Entschuldige, aber in der Küche war es nicht mehr auszuhalten. Norbert ist nicht ins Badezimmer reingekommen und hat dann einfach in die Spüle gereihert, war aber viel zu knülle, um sauberzumachen. Er ist dann an den Tisch gewankt, hat sich hinplumpsen lassen und mich eine Viertelstunde lang angestarrt, so daß ich mich nicht getraut habe, aufzustehen und den Dreck zu entfernen. Ich dachte, der stirbt mir da. Aber er muß mit offenen Augen schlafen können, und gerade als ich ihn ansprechen wollte, hat er sich noch einmal erbrochen, mitten auf den Küchentisch. Da bin ich hier rüber. Schlaf weiter.» Ich setze mich auf, ohne darauf zu achten, daß Sixtus seine schwebenden Hände noch nicht zur Ruhe gebracht hatte, so daß er jetzt zwangsläufig meine Brust streift. Ich drehe mich um, er lächelt: «Guten Morgen.» Schlechter Witz, kann ich auch: «Hast du mal ne Zigarette danach?» Er erschrickt und läßt von mir ab.

Er drückt sich aus dem Polster und will die Tür wieder schließen, da kommt Mark herein, kreidebleich, das Innerste nach außen gekehrt, fällt neben Quint in sich zusammen, ist sofort wieder eingeschlafen. «Ist wohl nicht mehr vom Klo weggekommen.» Rührend, wie Quint um Verständnis für den Stasi-Mann bittet. Er schiebt dem

Abgestürzten einen Arm an die Seite und zieht ein Kissen heran, das er ihm unter den Kopf stopfen kann. Aber ist das hier jetzt zum Wetterhäuschen geworden? Denn schon wankt Norbert zu uns herein, immerhin erkennbar frisch gewaschen, mit ein wenig Zahnpasta an den Bartstoppeln. Also hat der große Zampano sich wieder gefangen, ist wieder ganz Hausherr und tatsächlich beinahe humorvoll: «Möchte jemand noch etwas zu trinken?» Gleichzeitig aber schießt er Blitze gegen Quint: Wehe, wenn der etwas erzählt vom Malheur in der Küche. Doch zu spät, Herr Botschaftssekretär im Innendienst, Sie sind schon diskreditiert. Wenn das rauskommt, ist das neue Jahr zum Teufel. Wie könnte er sich wieder unter die Leute wagen, jetzt, wo er sich vor dem Systemfeind, dem Sozialschmarotzer so hat gehenlassen? Ich schaue zu Sixtus, der hat auch um ein weniges die linke Gesichtsseite gehoben. Ich glaube, Geheimnisse schweißen mehr zusammen als Sex.

Da hocken wir stumm, der deutsch-deutsche Dialog ist zu Ende. Zwei schlafen, als wären sie zu Hause im Bett, und außer an sich selbst ist Norbert kein Glas mehr losgeworden. Wir warten die Zeit tot.

8.

Wo bleibt die Dämmerung?

Da kommt mein Hübscher zurück, verdammt lang her, wo war der nur? Sixtus begrüßt ihn lautstark: «Tommy, herzlich willkommen, hast du die Spülung reparieren müssen?» Aua, aber immerhin ist das der erste Satz seit fünf Minuten. Der Rückkehrer schaut Sixtus an, gähnt: «Ich bin wohl auf der Brille eingepennt, und ihr habt ja nicht gerade durch überschäumende Stimmung dazu beigetragen, daß ich aus dem Schlaf gerissen worden wäre. Todschicke Ruhezone, euer Bad, Norbert, riecht leider etwas streng. Da muß einer meiner Vorgänger das Ziel verfehlt haben.» Schallendes Gelächter des Hausherrn, Stepan schreckt hoch, Mark läuft rot an. «Ach was», eilt Norbert ihm zu Hilfe, «das Rohrleitungssystem stammt noch aus Ulbrichts Zeiten und wurde damals von Hedwig Bollhagen persönlich getöpfert. Da hat es nicht zu überall passenden Anschlüssen gereicht, und so tröpfelt immer was vom stehenden Bestand heraus. Wenn du also länger über dem, was du zu Wasser gelassen hast, weggeschlummert bist, dann dürften wir dir die schöne Bescherung zu danken haben. Na, laß mal, das putzt Lene morgen früh weg.» Marks Gesichtsfarbe normalisiert sich, während nun Tommy rot wird, aber er sagt nichts. Plötzlich sind alle knallwach angesichts dieser rhetorischen Großtat des Hausherrn, Stepan flüstert etwas zu Sixtus, der schaut auf seine Uhr, und Norbert dreht gleich noch weiter auf: «Dann sorgen wir mal für Nachschub in der Blase, jetzt ist doch sowieso alles egal. Hier, fang», er greift in den Kasten und läßt eine Flasche durch den Raum segeln. Sie trifft Tommy an der Brust, aber der kann sie dort gerade noch abfangen, bevor sie runterfällt: «He, biste noch ganz dicht? Das hat weh getan.»

«Spiel hier nicht den Weichling, Westler. Hast doch bisher kräftig den Harten markiert. Da wirst du dich doch nicht von ner Pulle Bier kleinkriegen lassen. Schau dir deine Freundin an, die lacht ja auch noch.» Schätze, ich kriege meine Züge sofort korrigiert, aber Tommy dürfte es dennoch gesehen haben, so schnell ist sein Kopf in meine Richtung geruckt. Hat er da Schlange zwischen den Zähnen hervorgepreßt? Nein, er hat gar nichts gesagt, er kommt zu mir und – große Geste – drückt mir seine beiden Zeigefinger außen an die Lippen und schiebt sie nach oben: «Lach mal ruhig weiter. Ist doch klasse, wenn du deinen Spaß hast. Außerdem hat's mich ja nicht wirklich getroffen. So blöd hab ich mich doch gar nicht angestellt, so kurz nach dem Aufwachen.» Hält das Bier hoch wie einen Pokal, läßt sich dann ins Polster plumpsen, wobei er Sixtus wegdrückt, beugt sich aber sofort wieder vor, er hat einen Einfall, das sehe ich ihm an, hält die Flasche an den Couchtischrand, und bevor Norbert nach vorne schnellen kann, um ihn aufzuhalten, hat er die Hand auf den Hals geschlagen, und der Kronkorken kreiselt durch die Luft, das Bier sprudelt munter.

«Prost, immerhin jetzt besserer Duft hier als drüben!» Diese Dreistigkeit kann nicht gekontert werden, Tommy trinkt gemächlich, aber mehr des Effekts halber, denn als er absetzt, fehlt in der Flasche kaum mehr, als die Pfütze ausmacht, die Norbert nun kurzerhand mit dem Ärmel aufwischt, während er mit der anderen Hand über die Glaskante streicht und doch noch nachkartet: «Kleine Macke nur. Du hast Glück, Thomas, solche Akte imperialistischer Aggression werden in unserer Republik mit Zuchthaus bestraft. Aber du bist ja schon ein ganz züchtiger Kerl, du Zuchtbulle.» Bitte! Geht diese Nacht denn nie zu Ende? Muß jetzt wieder das angetrunkene notgeile Geflachse kommen? «Du», ich leg meinem Hübschen einen Arm um die Hüfte und mach auf sehr müde, rutsch an ihm herab, er fängt mich auf, «es ist wirklich schon früh.» «Ja», da springt mir mit Stepan ein unerwarteter Verbündeter bei, «die ersten Bahnen fahren doch sicher schon wieder. Guckt mal, es ist längst nach sechs.» «Ihr müßtet die Straßenbahn nehmen.» Danke, Quint. «Die geht zum Grenzübergang Friedrichstraße.» «Und wo fährt die ab?» Tommy ist wirklich bereit aufzubrechen, die Sache mit der Flasche läßt ihn ja auch als Sieger gehen, ich drücke ihm aufmunternd den Arm. «Ich bring euch hin.» «Ich will auch mitgehen. Ich muß eh raus», sagt Mark.

«Das glaube ich gerne», aha, wieder der alte Norbert, «du siehst aus, als hättest du neben Thomas im Mief gelegen. Die im Westen halten wohl doch mehr aus, als wir geglaubt haben. Das wird aber auch nötig sein, wenn ihr uns Bitterfeld wegnehmt oder Schkopau.» Grunzt auf, und sogar Quint kichert, das hat er offenbar nicht erwartet, daß aus Diplomatenmund ein heikles Wort über die Zustände im Lande kommen könnte. Norbert schwankt jetzt herüber: «Ich gehe Lene wecken, damit sie euch auf Wiedersehen sagt.» «Laß sie doch schlafen», die Stimme von Sixtus klingt beinahe flehend, aber das stachelt den Mann eher noch weiter auf. «Nein, das ist Gebot der Höflichkeit. Die beherrschen wir», beugt sich zu mir herab, was für eine Fahne, und drückt mir einen Handkuß auf, ehe er Tommy die Wange tätschelt und ihm dann im Abdrehen zuruft: «Kann ich dir nach meiner Frau noch ein paar Sardinen anbieten? Könnten dir guttun.»

Stepan folgt ihm in den Flur, um unsere Jacken zu holen. Der hat es ganz eilig. Wahrscheinlich ist ihm speiübel, und er will sich nach der Beschreibung der sanitären Zustände lieber draußen erleichtern. «Den sollten wir wohl besser vorgehen lassen», wispert mir Tommy ins Ohr. Wir haben endlich wieder dieselben Gedanken. Im Flur Gepolter. «Unsere Gäste brechen auf, ich korrigiere, sie brechen aus.» Wieder dröhnendes Gelächter, er muß Stepan begegnet sein, und selbstverständlich ist Norbert ganz munter, wenn es ums Schikanieren geht, ich hasse den Typ, wir müssen hier weg, schnell, und wenn Makro weiterschnarcht, dann bleibt er eben da und kann sich einen Taxitrabant rufen oder was es hier so gibt. Ich fahre in die Ärmel, die Tommy mir hinhält, ganz feiner Herr, und Sixtus ist auch bereit zum Aufbruch. «Ich geh schon mal vor», murmelt Stepan auf dem Weg zur Wohnungstür, aber dann rüttelt er vergeblich an der Klinke, abgeschlossen. Das war doch vorhin noch nicht, als wir von Mark kamen. Sind wir jetzt echt im Zombieland, wo die Opfer schnell noch vor Morgengrauen erledigt werden müssen? Aber der Schlüssel steckt doch, Mensch, ist der besoffen, und jetzt torkelt er auch schon ins Bad, und die Tür kriegt er vor dem ersten Röcheln gar nicht mehr zu.

«Gut zielen, bitte», brüllt ihm Norbert nach, «und

nicht einpennen!» Neben ihm steht im Türrahmen zum Schlafzimmer Marlene, mit ziemlich kleinen Augen. «Da wollte ich gerade rein.» «Das solltest du lieber nicht», ranzt ihr Mann sie an, «zumindest nicht ohne Lappen und Eimer.» Aber da ist Stepan schon wieder zurück, Gott sei Dank, und Sixtus hat offenbar Makro munter gekriegt, denn aus dem Wohnzimmer kommt das diffuse Gefasel eines Erwachenden, in der hellen Quengelstimme, die er morgens immer hat, das war richtig nett an ihm, doch jetzt möchte ich nur, daß es aufhört, daß er den Mund hält, damit wir losgehen können, und da steht er auch schon, sanft geführt von Sixtus, und Tommy springt ihm bei: «Hierher, Matthias, hier rüber, Augen auf, sonst rennste gegen die Garderobe.» «Ich bin total munter», und reißt die Augen auf, daß sie aus den Höhlen zu springen scheinen, aber der Blick ist glasig, und obwohl er mich direkt anstarrt, liegt nichts darin. «Topfit», legt er im wiedergefundenen Stentorton nach, «fragt mich was, irgendwas.» Aber jetzt ist keine Zeit für Spiele. Mark steht schon parat, und aus dem Bad kommt Marlenes Stimme: «Ich ziehe mir nur was über, dann komme ich auch mit.» «Und wer macht die Sauerei weg?» Das war's. Damit hat uns Norbert den letzten Schub gegeben, den wir brauchten.

«Feiner Kerl», seufzt Sixtus auf, ich könnte ihn küssen dafür, aber ich habe mich in Tommys Arme begeben, um ihn notfalls langsam in Richtung Treppenhaus zu dirigieren. Doch da ist kein Widerstand mehr. «Dieses Ekelpaket», flüstert er mir zu, «der muß gerade über Sauereien reden, unser Porno-Fan.» Sag's doch einfach laut, wie peinlich das alles ist, aber da springt Stepan ein, der wieder wach genug ist, um genau die richtige Antwort zu finden: «Gute Idee, Marlene, dann siehst du mal was anderes.» «Ja», baut sich Norbert vor ihr auf, «sieh ihn dir doch an, den goldenen Westen. Schau nur, was dir alles entgangen ist.» «Jetzt ist es genug», Quint wirft mir einen Blick zu, den ich nicht deuten kann, und schiebt Norbert zur Seite: «Komm, wir setzen uns hin und trinken noch einen. Laß Lene mal den Spaß. Bist doch sonst nicht so.» In voller Montur, schon in seinen Schal gewikkelt, bugsiert er ihn zurück in Richtung Wohnzimmer, größter Held dieser Nacht, Muster an Opferbereitschaft, müßte man nicht sogar sagen: Norberts einziger Freund? Krachend reißt er die Tür hinter sich und ihm zu, und nichts mehr ist vom Hausherrn zu hören. Hoffentlich nie mehr.

Makro hat in seine Jacke gefunden, Tommy ist selbständig schon mehr in Vorwärtsbewegung, als daß ich ihn ziehe, Sixtus hat natürlich sofort den Schlüssel in der Wohnungstür entdeckt und zu Stepan hin eine unbeschreibliche Grimasse gezogen, er schließt auf, wir stolpern ins Freie. Uff, muß diese Bude geheizt gewesen sein. Gegenüber steht immer noch Marks Flur offen. «Habt ihr da keine Angst?», fragt ihn Stepan. «Bei uns klaut keiner was. Wohin sollte er auch damit?» «Das könnte ja bald anders werden.» «Dann ist es auch gut. Besser, sich selbst einzuschließen, als eingeschlossen zu sein.» «Werdet nicht poetisch», unterbricht Marlene die beiden, «die nächste Bahn geht in fünfzehn Minuten.» «Willste wirklich mit? Norbert sah nicht besonders gut aus.» Ist mein Liebster durchgedreht? Ich hebe den Kopf und sehe, wie Marlenes

Züge entgleiten. «Natürlich kommt sie mit, willst du sie bei dem Arsch lassen?» Da läuft er rot an, mir unerklärlich, wieso erst jetzt, ich packe ihn und sage mehr zu ihr als zu ihm: «Wir machen jetzt rüber, und Marlene macht mit. Und wenn sie will, dann bleibt sie gleich da und kehrt nicht wieder zurück.» «Hoho, Frauenpower, Hoch – die – internationale – Emanzipation!» Das ist wieder der alte kreuzblöde Stepan, aber bevor ich ihn anfauchen kann, nimmt Sixtus ihn schon beim Arm und zieht ihn weiter, «kommt, wir müssen da lang», Mark winkt uns über die Straße, dann geht es zwischen den Häusern durch zum Hof, über den wir gekommen waren, «Da vorne den Kopf runter, Matthias», und die Herde trottet ihm nach.

Tiefe Nacht immer noch, und Licht aus den Fenstern ist noch seltener als vor vier Stunden, aber als wir den dunklen Eingang zur U-Bahn vor uns sehen, öffnet sich links die Straße, die zur Hoffnungskirche führt, und es sieht aus, als wollte hinter dem Turm der Tag dämmern, noch ganz vorsichtig und weit weg, aber das neue Jahr ist tatsächlich angekommen. Ich stapfe zwei Meter vor Tommy her, so etwas ist in der Gesellschaft von anderen mein äußerstes Zeichen von Verärgerung, das weiß er, und immer wenn ich spüre, daß er aufschließt, lege ich ein bißchen an Tempo zu. Soll er doch merken, daß er sich mit seinem Mitgefühl für Norbert zum Trottel gemacht hat. Marlene ist am dichtesten an Mark dran, ich hole sie ein und frage: «Alles in Ordnung?» Sie schaut mich von schräg unten an, Dackelblick: «Ja, sicher, muß ja.» Mehr kommt nicht, also schweige auch ich, und die kleine Karawane zieht über die Straßenbahngleise auf die andere Seite des Platzes, wo ein abgeblättertes Haltestellenschild vor sich hin schieft, ganz am Schluß führt Sixtus den immer noch leicht desorientierten Makro. Der kommt wirklich nicht einfach in den jungen Tag hinein.

«Da vorne», Mark zeigt auf das runde Schild, «das ist die Haltestelle für die Tram.» Ich werfe einen Blick nach hinten, Tommy hat sich zurückfallen lassen, die Hände tief in den Taschen vergraben, die anderen schließen gerade zu ihm auf. «Wie lange werden wir fahren?» «Na, besonders schnell geht das nicht. Die hält an jeder Kreuzung. Mit einer Dreiviertelstunde bis Friedrichstraße müssen wir rechnen.» «Wäre dann die U-Bahn nicht doch schneller?» «Ja klar, aber wollt ihr wirklich das erste Licht des neuen Jahres verpassen? Ihr habt doch von Berlin noch gar nichts gesehen, als wir hergefahren sind. Schaut es euch an, denn hier wird nichts so bleiben, wie es jetzt ist.» Da liegt keine Wehmut in den Sätzen, eher Trotz, verbunden mit einer Kreisbewegung der Arme, als wollte er den Fluch der Wende auf die ganze Stadt schleudern. Mark, das ist mir jetzt klar, hat sich nicht eingerichtet mit seinen Pornos, seinen bodenseegroßen Gläsern und dem Cognac aus dem sozialistischen Wirtschaftsgebiet. Mark hat dieses Land satt. Norbert, Quint, die Arbeit für die Firma, die Siedlung, das Saufen, das Lieben, ja selbst Marlene hat er satt. Und damit bricht auch ihr das einzige weg, was sie noch hat. So kläglich diese vom eigenen Ehemann initiierten Seitensprünge auch sein mögen, waren sie nicht doch ein Ausweg? Jetzt aber ist der Geliebte auf dem Absprung, und deshalb kommt sie mit uns, will sich an ihn klammern, ihn nicht weglassen oder wenigstens mitgenommen werden. Ich könnte Tommy ohrfeigen.

Niemand außer uns auf der Straße, es ist, als wäre die Stadt erstarrt, dabei ist es gar nicht besonders kalt, obwohl es glatt ist auf den Gleisen, also wohl doch unter Null, und trotz Tagesanbruch, der jetzt mit langen Schatten durch Häuserlücken und Bäume züngelt, erfaßt mich ein Frösteln, das in minutenlanges Zittern übergeht. Die Bahn ist verspätet, Mark zuckt auf Stepans Frage nur die Achseln, Makro hat sich sofort apathisch ans Schild gelehnt, keine Wartebank hier, sein Kinn ist auf die Brust gesackt. Sixtus hat die Schultern hochgezogen, Marlene hält sich etwas abseits und blickt die Straße hinab, die sich kurz nach der Kreuzung leicht nach rechts schwingt und sich dann bestimmt endlos lang in Richtung Innenstadt erstreckt. In Gegenrichtung eine Gerade, auf der man die Straßenbahn weit vor der Ankunft sehen müßte. Mark ist zwischen die Gleise getreten, rührender Versuch, den ersehnten Triebwagen früher erspähen zu können. Ich habe einen Lichtfleck unter einer Straßenlaterne bezogen, und in den dringt seit einer Weile beinahe unmerklich langsam Tommy vor, demonstrativ abgewendet, aber beharrlich in seiner mikroskopischen Bewegung, so daß er nun schon auf einen Meter an mich heran ist. Ich weiß, daß es nur noch eine Frage von einer oder zwei Minuten sein kann, bis er mich berühren wird, wie zufällig, ein Vortasten, ob es eine Reaktion gibt, die auf Beendigung des Kriegszustands schließen ließe, und wenn er es geschickt anstellt, dann kriegt er seine Chance, denn ein paar wärmende Arme hätte ich jetzt ganz gerne um mich. Nur still sein muß er, jetzt keine Beteuerungen, keine Liebeserklärungen, nur banale körperliche Wärme, denn der von permanentem Gähnen unterbrochene Schüttelfrost ist übel. Es verlangt mir übermenschliche Anstrengung ab, nicht einfach loszubrüllen, wo denn diese Drecksbahn bleibt, damit auch ganz Pankow hören möge, wie eilig ich es habe, hier herauszukommen, aus dieser bleiernen Gefangenschaft. Warum nur habe ich mich nicht Karl und Simone angeschlossen? Ich läge längst im Westen im warmen Schlafsack, statt mich nun auf einen Kreuzweg durch die ganze Stadt, von einem Staat zum anderen zu begeben, der mich mit Glück in anderthalb Stunden den Hohenzollerndamm erreichen läßt.

Kontakt.

Ich gebe mir Mühe, ein Aufschrecken zu vermeiden, um nicht gleich alles wieder im Keim zu ersticken. Das hat er gut gemacht, eine Hand, die mir von hinten federleicht auf die Stirn sinkt und, als sie die Kälte spürt, die zweite zu Hilfe ruft, die sich von der anderen Seite über die Schulter auf meine Brust legt: gefangen. Seine Nase tastet sich durch die Haare zu meinem Nacken vor, und das leichte Wegbiegen meines Kopfes soll es ihm leichter machen, die Lippen darauf zu legen, dann dreht er mich um und strahlt mich an, heller als die Morgenröte, aber noch ist es zu früh, um zurückzuleuchten, also lasse ich mich nur an seine Schulter sinken, suche den sanften Winkel an seinem Hals, der jetzt, vierundzwanzig Stunden nach der Rasur, aufgerauht ist, und er umschlingt mich mit mehr Armen, als irgendein Tier besitzt, ein Tausendhändler, dem in jeder Fingerspitze die Erleichterung über diese Versöhnung anzumerken ist, wie sie Funken sprühen auf mir, ein Wärmewunder, aber täusche dich nicht, Freundchen, diesem thermischen Phänomen gebe ich mich hin, nicht dir. Und dann habe doch auch ich seine Taille umfangen, verschränke die Hände hinter ihm und lasse mich auf den Mund küssen, da freut er sich wie ein Kind und bleibt trotzdem stumm, als könnte er Gedanken lesen. Um mich, um uns geht die Welt unter. Bin ich eingeschlafen auf meiner Lichtung in seinem Armdikkicht? Da rasselt es, und tatsächlich kriecht die Straßenbahn heran. Jetzt hätte sie sich ruhig auch noch ein paar Minuten mehr verspäten können.

Im Aquarium sind ein gutes halbes Dutzend toter Fische auf die Bänke geschwemmt worden. Wir verdoppeln ihre Zahl und lassen unsere Köpfe an die Scheiben und auf die Lehnen sinken. Tommy hat mich in die Reihe gleich vor dem hinteren Ausstieg gezogen, damit niemand direkt in unserem Rücken sitzt, aber den Einzelsitz quer über dem Gang hat Stepan belegt, und prompt bin ich sauer, daß Tommy mich nicht auf den Fensterplatz gelassen hat, denn ich fühle mich nun ausgestellt. Vor uns sind Marlene und Mark ineinander versunken, Sixtus und Makro müssen noch weiter nach hinten durchgegangen sein, ich sehe sie nicht. Das Gefährt setzt sich mit einem gräßlichen Geruckel in Bewegung, zottelt in Richtung Süden, am Eingang zur U-Bahn vorbei und an deren geziegelter Rampe, die sie zur Hochbahn aufwertet, wir aber bleiben unten, und der schleifende Lärm auf den Schienen läßt jeden Gedanken an Schlaf sofort verschwinden. Also hochgereckt und demonstrativ wißbegierig über die Schulter meines Hübschen hinausgeblickt auf diese Stadt, deren touristischen Liebreizes wegen wir ja hier sitzen und die uns jetzt nach der Kurve ganz von ferne das Blinken des Fernsehturms am Alexanderplatz bietet, die Riesenrassel wirkt winzig, seine Silberkugel lugt auch nur gerade über die Hochbahnstrecke hinaus, als rolle sie darauf vor uns her, und da dreht sich Mark zu uns um, lächelt mich an.

«Wieder besser?» Wüßte nicht, was ihn das angeht, nicke trotzdem. «Weißt du, das ist eine der Straßen, deren Häuser regelmäßig renoviert werden, zumindest die Fassaden. Denn hier lang fährt das Politbüro ins Schloß Niederschönhausen, wenn es da Staatsbesuch gibt, und manchmal auch raus nach Wandlitz in die Datschen, und die Herren wollen doch auf dem Weg ins Wochenende oder gar bei Dienstantritt am Montag nicht auf den Gedanken kommen müssen, es bliebe noch etwas zu tun, um die Lage des Landes zu verbessern. Also wird überall, wo sie unterwegs sind, alles frisch gestrichen.» «Ganz schön bescheuert.» «Ja, vor allem für die Hauseigentümer. Die müssen das jedesmal bezahlen.» «Gibt es denn hier noch Häuser in Privatbesitz?» «An dieser Straße nicht mehr lange, wenn das so weitergeht. Einige haben schon an den Staat verkauft, weil sie sich die ständigen Renovierungen nicht leisten konnten.» Tommy mischt sich ein: «Aber die Wohnungen sind doch sicher vermietet. Dann haben die Eigentümer doch Geld.» «Längst nicht genug, denn die Mieten dürfen nicht erhöht werden und decken die Kosten für den Erhalt der Häuser nicht. Was glaubst du, warum es hier so gräßlich aussieht, sobald du die Politbüroschneise verläßt? Keiner kann sich leisten, etwas an seinem Haus zu tun, und unserer politischen Führung ist das auch ganz recht, denn so verfallen die Gebäude, werden abbruchreif, können enteignet und durch Plattenbauten ersetzt werden, die dann den sozialistischen Aufbaugeist beweisen. Dabei ist es nur ein Abbruchgeist, eine

Geschichtsvergessenheit, die mit der materialistischen Grundüberzeugung des Marxismus-Leninismus gar nicht vereinbar sein dürfte.» «Das wird sich jetzt auch ändern.» «Vermutlich. Allerdings beides. Du glaubst doch nicht, daß irgend etwas vom politischen System hier bleiben wird, und dann ist es auch aus mit den niedrigen Mieten. Leute wie ich können sich keine viel teureren Wohnungen leisten.» «Ihr habt also Angst?» «Natürlich. Hättest du keine, wenn sich alles zu verändern droht, was du gekannt hast? Vor allem die Grundlage deiner Existenz, also Arbeit und Einkommen. Ich bin für den Staat tätig. Weiß ich denn, ob es den im nächsten Jahr überhaupt noch geben wird?» «Aber ihr werdet doch nen neuen Staat bekommen.» «Braucht der mich?» «Beamte werden in Deutschland immer gebraucht.» «Aber ich bin kein Beamter.» «Ich weiß, das war n Witz.» «Kein besonders guter», gehe ich dazwischen, «was müßt ihr ausgerechnet jetzt die politische Zukunft debattieren? Könnt ihr nicht einfach den Morgen genießen?»

Da fährt Marlene herum und keift mich an: «Begreifst du nicht, was das für uns bedeutet? Was hier auf dem Spiel steht, für Mark, für Norbert und mich? Wir verlieren vielleicht alles. Und du, du willst dir hier die Sonne ins Gesicht scheinen lassen. Das Kapitalistenkindchen möchte in Ruhe gelassen werden, weil es andere Probleme hat. Aber unsere Probleme werden auch eure werden. So viel ist sicher, daß es nicht klappen kann, siebzehn Millionen Menschen stumm zu machen, die gerade erst gelernt haben aufzuschreien.» Alle Fahrgäste blicken zu uns her, glotzen mich an. Hab ich ihr nicht eben erst geholfen, als sie gegen den Willen ihres Mannes mit uns gegangen ist? Und jetzt geifert sie mir ins Gesicht, ihre Miene ist verzerrt, sie hat Tränen in den Augen, schlägt jetzt auch beide Hände vors Gesicht und schüttelt sich unter regelrechten Heulattacken. Mark umarmt sie: «Ist ja gut. Was soll das nutzen, die Parolen vom Bert aufzunehmen? Niemand will uns was wegnehmen, und wir sind noch jung, uns kann nichts passieren.» «So jung auch nicht mehr.» Das hat Stepan eher gemurmelt als gesagt, aber ich wette, die beiden haben es gehört. Tommy scheint unangenehm berührt zu sein, denn er spendet so laut Trost, daß sich die ganze Bahn abermals zu uns umdreht, aber sein Zuspruch gilt allein Mark, der Marlene nun wie in einer Schraubzwinge festhält. Ob sie aufspringen und Stepan beschimpfen wollte? Aber der Versuch verebbt in einem glucksenden Schluchzen, und als sie wieder aufblickt, ist ihr Gesicht tränenüberströmt. Mark streicht ihr über die Wangenknochen und wischt ihr die verschmierte Wimperntusche weg. Sie gibt ihm dafür einen Kuß, sehr lange läßt sie ihren Mund auf seinem, eine Demonstration für uns: Wir beide gegen Norbert, gegen euch, gegen die Welt.

Rechts kommt eine breite Schneise, ein Graben mitten in der Stadt, vor uns hat sich der Turm etwas aufgerichtet und seine Kugel hochgewuchtet, ehe er rübergewandert und hinter den Häusern verschwunden ist, nur die rotweiße Spitze kann man noch sehen. Links stehen alle paar Dutzend Meter die steinernen Stützquader der U-Bahn-Strecke, unterbrochen von Metallstreben, aber zwischen denen ist noch Nacht. Ich rücke etwas zum Gang hin, um den Kopf auf Tommys Schoß legen zu können. Er leistet Widerstand, obwohl ich quengele: «Laß mich doch. Ich bin müde.» Er stößt mir den Arm in die Seite, ich schrecke wieder hoch, lächelt Marlene? «Aua, was soll das? Stimmt was nicht mit dir?» «Der Sitz ist so schmutzig.» «Das laß ruhig meine Sorge sein. Aber bitte, wenn du nicht willst. Bin dir wohl unangenehm.» «Was ist denn bloß mit dir los?» Das ist so kläglich. Er weiß, daß ich solche Gespräche nicht vor anderen führen will, und dann auch noch die Kleinkindmasche: Was ist denn bloß los mit mir? Nichts ist los, das ist es ja. Ich bin kaputt, will ins Bett, und dann fangen wir hier Grundsatzdiskussionen an.

«Laß es einfach», zische ich und stehe auf, um mir eine eigene Bank zu suchen, doch Tommy hält mich zurück, zieht mich jetzt selbst herunter, ich haue nach ihm, aber er ist unerbittlich, während er gleichzeitig begütigend «'tschuldige, war blöd von mir» wispert, soll wohl zärtlich sein, und ich lasse meinen Kopf etwas härter als nötig auf seinen Schenkeln aufschlagen, hat weh getan, das merke ich am Atempfeifen, sollte es ja auch. Er strichelt meine Haare, zerteilt sie am Scheitel, krault die weiße Haut, das mag ich, das weiß er, beugt sich zu mir runter und gibt mir einen Kuß auf den Kopf. Ich hole tief Luft, ich will das nicht tun, muß aber doch noch einen Schlag setzen: «Hast wohl wirklich die Sardinen gegessen?» Da fährt er wieder hoch und zieht mich mit, hält mich mit ausgestreckten Armen auf Abstand, sieht mich flackernd an, sucht meinen Blick, lächelt dann und macht eine Reißverschlußgeste quer über den Mund. «Ist auch besser so», nicke ich ihm zu.

Vor uns hat sich die Lage beruhigt. Hinter uns, das hatte ich eben bei meinem Fluchtversuch entdeckt, ruht Makros Haupt auf einer Lehne, mühsam von Sixtus stabilisiert, der mit etwas mehr Freude an seiner Stützaktion als männliche Salome durchgehen könnte. Wenigstens schnarcht sein Johanneskopf nicht. Stepan hat sich unsere Aktion ziemlich interessiert angesehen, und er spottet leise herüber: «Zwei traute Paare, deutsch-deutsch, aber bloß nicht gemischt.» Da geht Tommy in die Luft: «Kannste nicht mal die Klappe halten!» Und ehe Stepan auch nur fertigstammeln kann: «War doch nur ein Witz», kläfft mein Liebster ihn an: «Mann, mußte alles politisieren? Wenn dir die Geschichte nicht paßt, die wir gerade erleben, dann tritt doch in die DKP ein und stell dich mit ner roten Fahne in Bonn vors Kanzleramt. Nach drüben kannste ja gottlob nicht mehr. Haste's endlich begriffen: Das Spiel ist gelaufen. Der Sozialismus ist tot, deutsch-deutsch gibt's bald nicht mehr, es wird alles einfach deutsch. Nix mehr mit Mitleidsgesten für die Brüder und Schwestern, keine Ostpakete, die können jetzt auf eigenen Füßen stehen, auf Augenhöhe mit uns.»

«Ein solches Metapherndesaster habe ich selten gehört», Stepan muß wieder ganz nüchtern sein, seine Stimme ist schneidend: «Und wer hat uns denn hierher geholt, weil er mit den Brüdern und Schwestern feiern wollte? Seinen Champagner ausschenken, damit die mal sehen, wie golden der Westen ist? Wer war das? Ich vielleicht? Was für eine Laus ist dir denn über die Leber gelaufen? Du kannst doch zufrieden sein, hast heute nacht tüchtig an der Unterwanderung der DDR mitgearbeitet, hast ihre Bewohner demaskiert. Aber jetzt paß auf, daß nicht dir die Maske noch abfällt.» «Was willste damit sagen?» brüllt Tommy ihn an, das Jahr fängt gut an. «Rück's raus, wenn du was zu sagen hast, wenn du was weißt, was alle wissen müssen!» «Thomas», das ist Marlene, «schrei hier nicht so herum.» Das geht zu weit. Wenn ihn hier eine maßregelt, bin ich das: «Schön, lieber Stepan, daß du wieder unter uns weilst und gleich für gute Stimmung sorgst, nachdem du die halbe Nacht verpennt hast. Wird von dir immer so kenntnisreich argumentiert, wenn es um Sachen geht, die du gar nicht mitbekommen konntest? Der einzige, der sich heute nacht demaskiert hat, das bist du gewesen, weil dich an deinem Traumstaat doch nichts weiter interessiert hat als der billige Ostblockfusel.» Das war gedankenlos, wie ich noch beim Reden merke, schließlich sitzt Mark hier, dessen Cognac ich keinesfalls schlechtmachen will, ich versuche, irgendwie noch die Kurve zu kriegen: «Den vom Norbert. Und jetzt sitzt du hier, du Witzfigur, und mokierst dich über uns. Schau dich doch um! Wer von uns sitzt denn ganz allein da? Hast du darüber schon einmal nachgedacht? Weißt du, wie wir von dir in der Schule immer gesprochen haben? Der schwule Peppone, das warst du für uns.» Mein Gott, bin ich jämmerlich. Tommy umklammert meine Arme, um mich aufzuhalten. Was wird man morgen dem Alkohol zuschreiben können, und was wird hängenbleiben? Stepan hat sich zwar ein hochmütiges Grinsen aufs Gesicht gezwungen, aber das saß, denn nun starren alle in der Bahn ihn an – alle bis auf Makro, der weiter vor sich hin ratzt.

«Junge, Junge», sagt Marlene, «da werden Weiber zu Hyänen», und jetzt muß ich einfach loslassen und loslachen, das ist jetzt zu blöd, daß das hier kommt, mitten auf der Fahrt zu Joachim. Sie stimmt ins Gegacker ein, will wohl auch entkrampfen, was ich da verbockt habe, jedoch außer uns beiden lacht keiner, selbst Tommy, den ich eben endgültig von Stepan geschieden sah, verstärkt nur noch ein bißchen den Druck seiner Hände an meinen Ellenbogen, gibt aber immer noch keinen Ton von sich. Stepan öffnet den Mund, als wollte er etwas erwidern, schluckt es dann runter, wahrscheinlich nach einem warnenden Seitenblick von Tommy. Mark starrt fassungslos über den Gang hin und her, als wolle er herausfinden, wer von uns beiden Westlern verrückt geworden ist, daß wir uns am frühen Neujahrsmorgen beschimpfen, statt uns in den Armen zu liegen, und ich verstehe es ja auch nicht, was da über mich gekommen ist, aber mit Stepan kann es keine Freundschaft geben, nicht für mich und bitte auch nicht für Tommy, das zumindest ist jetzt von meiner Seite klargestellt. Hätte ich mir als guten Vorsatz vorgenommen, 1990 nur noch ehrlich zu sein, ich hätte einen guten Anfang gemacht.

Die Tram schleppt sich nach rechts über die Straße, verläßt die Hochbahnstrecke und biegt im stumpfen Winkel ab, kurz darauf zeigt Mark nach draußen: «Dahinten, die Mauer. Oderberger Straße. Kennt ihr bestimmt von Fotos.» Sicher, sicher, Fremdenführer. Wie oft haben wir inzwischen rappelnd angehalten, haben das Prügelgeräusch der aufspringenden Klapptüren gehört? Und ist noch jemand zugestiegen? Ich habe all das nicht bemerkt, doch nun, in der Totenstille nach unserem Gelächter, sind meine Sinne überempfindlich für jeden Reiz. Also weiche ich Tommy aus, als er mich vorsichtig beruhigen will, jetzt keine Zärtlichkeiten, ich habe den Geruch von eben wieder in der Nase. Schwitzt er, oder ist das nur der übliche Nachtgestank, den wir alle ansammeln? Diese Bahn scheint jede Minute zu bremsen, an jeder Ecke die Morgenluft einzusaugen, in die sich nach einem knatternden Überholmanöver auf unserer rechten Seite an der Haltestelle ein gräßlicher Benzindampf einschleicht, Zweitaktergemisch, wie ich es seit den Ausflügen der Clique auf den Achtzigern der Jungs nicht mehr gerochen habe, damals, als Stepan voraussprintete, sich bemühte, an den Autos, die auch zum Stausee unterwegs waren, vorbeizukommen, während ich als Sozia dafür sorgte, daß Makros Maschine garantiert nicht auf Touren kam: Mit zwei Leuten war dieses Tempo nicht drin, und so fuhren wir immer in die Beschleunigungswolken der anderen hinein, irgendwo weit vorne dabei damals natürlich Tommy, der das aufgemotzteste aller Mopeds fuhr, rote Yamaha-Enduro, an der den ganzen Freitagnachmittag herumgebastelt wurde, aufgebohrt, abgeschliffen, um sie noch zwei, drei Kilometer schneller zu machen. Dann am Abend Probefahrt hinunter in die Stadt, sieben Kilometer, überwiegend bergab, das Aufheulen des gequälten Motors hatte seinen Eltern den Zorn der ganzen Siedlung und aller Anwohner weiter unten eingebracht: Ob sie ihren Sohn nicht maßregeln könnten, ihm das Ding einfach wegnehmen? Rennen gegen Stepan, und der Verlierer würde, wenn die beiden einträchtig nebeneinander nach einer Viertelstunde wieder zurückkamen, weil bergauf nicht galt im Wettbewerb, die ganze Nacht weiterschrauben. Mit der Hilfe des Gewinners natürlich, denn sie waren ja Kumpels, waren unzertrennlich in ihrer Liebe zum Lärm und zum Tempo. Makro hatte manchmal diesen sehnsüchtigen Ausdruck, wenn wir vom Kino zurückkehrten oder aus dem Eiscafé und an dem Garagenvorplatz vorbeikamen, wo auf einer ausgebreiteten Decke die Werkzeuge lagen und die beiden die Loser-Maschine frisierten, während das Moped des Siegers etwas oberhalb stand, manchmal auch direkt in der Garage, aus der das Licht fiel. Das sah aus, als hätte man einen Preisochsen ausgestellt. Dann habe ich Makro daran erinnert, daß er mich an seiner Seite hatte und diese Jungsfreundschaft nicht brauchte, und an solchen Tagen sind wir zuverlässig schnell im Bett gelandet. Wie muß es später für ihn gewesen sein, mich an den einen der beiden Bastler zu verlieren, auch wenn der die Maschine längst verscheuert hatte und Kadett fuhr? Aber Makro hatte keinen weiteren Führerschein mehr gemacht, zuckelte mit 1b auf dem Kleinkraftrad durch die Gegend, mußte er nicht glauben, daß auch das ein Faktor bei meiner Entscheidung für Tommy war? Letzten Sommer, als wir ihn überholten, mitten auf der weiten Geraden zwischen den Getreidefeldern, als Tommy neben ihm abbremste, wild hupend, ganz Triumph, und ich sah hinüber, sah hinter dem Visier Makros Augen brennen. Da fühlte ich mich zum ersten Mal von ihm geliebt, und ich hätte rausspringen mögen und wieder Sozia werden, aber Tommy trat aufs Gaspedal, und mit der Entfernung zu dem Punkt in der Landschaft und mit jeder Biegung verschwand auch Makro selbst aus meinem Leben. Doch dann, unter den Eichen im Tal mit der S-Kurve, plötzlich ein Röhren: Im Seitenspiegel wird das Moped immer größer, Feuer aus dem Krümmer, Funken auf dem Asphalt, massig der gebeugte Körper, der sich auf den Lenker legt, Hörner stoßen aus dem Helm, wird noch größer, und da springt das Teufelsgefährt aus dem Spiegel heraus mitten durchs Seitenfenster, splittersprühend.

Hochgeschreckt, wie lange habe ich geschlafen, geträumt? Jetzt ist die Sonne da, und alle anderen dösen. Die Straße ist enger, es geht abwärts, links Häuser, rechts ein Park oder so, ich stoße Mark vor mir an, er schüttelt sich unwillig, merkt dann aber, daß Marlene an seiner Seite schlummert, war wohl selbst auch eingeschlafen, dreht den Kopf in Zeitlupe erst zu mir, dann zum Fenster und seufzt: «Wo sind wir?» «Das kann ich dir leider nicht sagen. Sind wir schon zu weit?» Er schüttelt sich wach: «Volkspark», schaut noch auf seine Uhr: «Lange wird's nicht mehr dauern. Kannst aber ruhig noch was dusseln. Nach Friedrichstraße ist sowieso bald Endstation, notfalls steigen wir am Kupfergraben aus und laufen zurück. Ich will Marlene noch schlafen lassen.» Aber ich bin jetzt wach, der Waggon rattert über eine Kreuzung, schwenkt nach halb links, bekommt dadurch für einen Moment volles Seitenlicht aus einer breiten Magistrale, Wilhelm-Pieck-Straße lese ich auf der Kreuzung, dann geht es mittendrein in Altbauten, blasse Kacheln, dazwischen eine Kuppelspitze, das muß der Dom sein, dann sind wir wirklich bald da, schätze ich. Scharf rechts rein, wieder enge Durchfahrt, dann plötzlich breit, lange geradeaus, ehe es wieder nach links geht, ah, Friedrichstraße, dahinter kommen lange Plattenbaufassaden, aufgewertet durch rötliche Kacheln an den Erkern, und ganz hinten, noch ziemlich weit voraus, kann ich schon die Gleisbrükke sehen, die über die Straße zum Bahnhof führt.

«Ich geh die anderen wecken.» Tommy liegt mit der Stirn noch am Glas und vibriert im Takt des Triebwagens. Am schwierigsten wird es sein, Makro aufzurütteln. Auch weil mir der Traum noch in den Gliedern steckt.

Sixtus und er sind zu einer untrennbaren kompakten Masse verschmolzen, grotesk ragt eine Hand aus dem Körperquader heraus, und auf gut Glück greife ich sie mir und beginne die Innenseite zu massieren. Da schlägt Sixtus die Augen auf, will die Hand zurückziehen und läßt sie mir dann doch. Die Lider fallen wieder zu, vielleicht habe ich ja nicht gesehen, daß er schon wach war, und heben sich dann im Schneckentempo, die Finger krümmen sich wie unwillkürlich, umfangen meine, seine Hand ist klein, fast kleiner als meine, ein seltsamer Handschlag, haben wir das je zuvor gemacht? Das ist nicht die Pranke eines Mannes, keine wulstigen Gliedmaßen, keine Ackerfläche, auf die ich mein Picknicktuch lege, um dann umschlossen zu werden vom erdschweren Griff, sondern eine federleichte Berührung durch meinesgleichen, Schleiertanz im Morgenlicht. Und ich kann nicht anders, beuge mich vor und flattere mit den Lippen über seinen Handrücken. Da löst sich ein Finger aus dem Zehnerspiel und streift mein Gesicht, und zugleich sucht Sixtus mit dem Blick nach Tommy, sieht, daß der vom Fenster massiert wird, und entwirrt nun seinen zweiten Arm, schält ihn langsam, unendlich langsam aus Makros Embryonalbeuge, unter leicht widerwilligem Grunzen des Schlafenden, das kenne ich. Dann ist er frei, ich fange ihn ab, bringe unsere Finger zum Wellblech ineinander, schiebe unsere so verschweißten Arme auseinander, bis meine ganz gestreckt sind, unsere Gesichter die Kanzeln von Flugzeugen, die aufeinander zufliegen, und so geschieht es, ich rieche die Nacht, aber anders als bei Tommy, umspiele den warmen feuchten Muskel, der sich mir entgegenstreckt, und reibe dann die Wange an seiner rechten Gesichtshälfte, sein Jungenbart ist aus Kaschmir. So abgewandt von allen, fällt mein Blick ins Rückfenster der Bahn, wo die Gleise aufblitzen, als zwinkerten sie mir einen Abschied zu.

9.

Das ist der Moment.

Umstandslos löse ich meine Hände aus seinen, er wischt sich den Schlaf aus den Augen, reckt sich, daß die weißen Gelenke aus den Ärmeln treten, dünn wie die einer Frau, das war zu erwarten, aber ich schaue noch für einen Sekundenbruchteil, ehe ich Makro anstoße: «He, Matthias.» Unbeschreibliches Grummelgrollen, weggedreht zum Gang hin, doch da ist die Lehne zu Ende, es hätte nicht viel gefehlt, und er wäre abgestürzt, so schwer ist sein Kopf, den ich auffange, als wollte ich ihm die Ohren zuhalten, und da regt sich doch etwas wie Leben in dem gewaltigen Körper, ich kann loslassen, er hält sich selbst, starrt hoch, «Ach, du bist es», was wird er geträumt haben? Auch noch einmal von uns, von den dreieinhalb Jahren? Werde ich je von Tommy träumen? Jemals von Sixtus? So etwas war immer ein wichtiges Zeichen für mich, eine Vorahnung, ich glaubte, den anderen mit jeder Faser herbeisehnen zu müssen, damit da Liebe entstehen konnte, und deshalb hat mich so verblüfft, daß ich durch eine einzige Bemerkung, eine einzige Berührung im Schwimmbecken zu erobern gewesen bin, es gab keine Einstimmung, nur Überwältigung. Aber die hat gerade mal für ein halbes Jahr gereicht, ehe das jetzt schon wieder passiert ist, ebenso unerwartet. Obwohl, da gab es das Standbild, er und ich im Türrahmen, wo ich ihn schon hatte so küssen wollen, wie ich es gerade getan habe. Makro rappelt sich auf: «Wie spät?» «Gegen Viertel vor acht.» Da hält die Bahn, und er rumst gegen den Vordersitz, das macht ihn richtig wach, das oder die Uhrzeit. Wendet sich Sixtus zu, doch der hat nur Augen für mich, hat mich nie freilassen wollen aus der Blickschlinge, nachdem wir uns gelöst hatten. Zu früh, mon ami. Noch bin ich meine eigene Frau. Und gehe zu Tommy, vorbei an der aufdonnernden Tür, stoße versehentlich gegen einen Aussteigewilligen, der aber keine Energie hat, um mich anzumosern, und hätte er es getan, wäre Sixtus gekommen, um ihn zu erschlagen.

Verscheuch doch diesen Schwachsinn, Mädchen. Du mußt dich jetzt dem stellen, der den Moment verschlafen hat. Konnte Mark uns sehen? Lächelt er mir zu? Nein, er flüstert auf Marlene ein, streicht ihr dazu die Haare vom Ohr, das sieht nett aus, doch sie rückt von ihm ab, schlägt seine Hand fast herunter, «Ist gut jetzt», ätzend, schrill, als wäre sie seit Stunden von ihm belästigt worden. «Guten Morgen», säusele ich ihr zu, als ich mich zu Tommy beuge, aber besser komme ich auch nicht weg: «Aha, das Fräulein Tochter.» Vergiß es doch, du Megäre, wer braucht dich denn, dich und deine schlechte Laune, nimm dir ein Beispiel an Mark, der wird mir helfen: «Mark, kannst du dich mal um Stepan kümmern?» Den wecke ich nämlich nicht, soll froh sein, daß ich nicht versuche, ihn zurückzulassen. Mark hmmt mir sein Einverständnis zu, der will auch weg von Marlene und sich nun vor ihr zum Gang hin vorbeischieben. Ich lasse sie im Clinch, wende mich ab, ich habe meine eigenen Sorgen. Die heißen Tommy, denn jedes Streicheln, jeder Kuß, jede Liebkosung wäre jetzt verlogen, also setze ich mich einfach wieder hin und pikse ihn in die Flanke: «Aufstehen, der Tag ist da.»

Unartikuliertes als Antwort, doch schon ruckt der Kopf vom Fenster weg, draußen geht es über die Spree, bei ihm geht der Griff an die Schläfe, wo die Haare plattgelegen sind, durchwuscheln, dann ganz wie Makro: «Wie spät isses?» «Zeit zum Wachwerden.» Er sieht Marlene und kneift das Gesicht zusammen: Dackelfalten, Liderpressen, Naserümpfen, Lippenstrich. Dann ein Morgengruß, den sie mürrisch erwidert, immerhin, kannst du dir was drauf einbilden. Nebenan hat Mark Stepan schon munter bekommen, der war sicher froh, aus seinen Albträumen gerissen zu werden, er steht schon im Gang, und Mark drängelt jetzt nach hinten: «Habt ihr alles, da vorne ist unsere Station.» Rechts fahren wir an einer Art Bunker vorbei, wahrscheinlich die Paßkontrolle gleich neben dem Bahnhof. «Müssen wir da durch?» «Keine Ahnung», er zuckt mit den Schultern, «seit den letzten Wochen weiß hier keiner mehr, wie mit der Grenze umzugehen ist.» «Wir hatten gestern nacht einen, der's noch zu wissen glaubte», lacht Tommy. Er packt mich und weist mich vor wie ein Wundertier, schiebt nach: «Ein übereifriger Trottel, aber sie hat's ihm richtig gezeigt.» «Du ja leider nicht.» Aber keiner scheint meine kleine Bosheit gehört zu haben. Stepan stolpert schon aus der Bahn, und ich schaue nur kurz nach, ob Tommy sich schämt. Tut er.

Die Türen zum Tränenpalast sind zu. «Also direkt auf den Bahnsteig», gibt Mark als Parole aus und geht mit Marlene voran. Vor der Treppe zwei Uniformierte, und wenn ich den leichten Bogen, den unser ostkundiges Paar um sie macht, richtig deute, sind das mehr als Vopos. Aber kein Wort, sie rauchen, und wer weiß, was sie für eine Nacht hinter sich haben. Wie lange mag das am Brandenburger Tor noch gegangen sein? Wo sind jetzt Simone und Karl? Sicher längst im Eßzimmer, ich muß dann irgendwann Simone berichten, was war, aber vielleicht hat sie sogar mehr erlebt, und ich kann es beim unbedingt Notwendigen belassen: Fahrt nach Pankow, in zwei Wohnungen gefeiert, Junge, haben die Jungs gesoffen, dann Apathie und Aufbruch, stundenlange Fahrt mit der Bahn und jetzt hier – ja, so wird es gehen, daß ich den größten Teil verträumt habe, sollte mir jede glauben, die mich kennt. Muß nur aufpassen, daß Sixtus und Karl sich nicht austauschen, aber das wird nur geschehen, wenn ich entweder mit ihm rumkokettiere oder ihm in der Wohnung die kalte Schulter zeige. Also erst einmal etwas Zurückhaltung, ist ohnehin besser, denn dann merkt Tommy nichts, und ich kann womöglich raus aus dem Schlafsack und mit Sixtus in eines der vielen Zimmer, wenn der Rest eingeschlafen ist. Das muß heute noch sein, heute morgen noch, so früh, wie es im neuen Jahr nur geht, hoffentlich war Onkel Joachim lange genug unterwegs, daß er nicht herumgeistert.

Auf dem Bahnsteig ist nichts los, und die S-Bahn steht schon da, abfahrbereit und leer. Kaum sind wir drin, geht es raus aus der verdreckten Glastonne, wieder über den Fluß, dann Richtung Westen. Nun ist es an uns, die Reiseleitung zu übernehmen. Sixtus erbarmt sich: «Wart ihr schon bei uns?» Marlene und Mark sitzen Hand in Hand, sie nickt: «Ich erst in der zweiten Woche, mit Norbert. Mark gleich nach dem 9. November, am nächsten Tag, und ich hatte ihn noch angebettelt, es nicht zu tun, weil ich dachte, die machen die Mauer sofort wieder dicht, und dann muß er drüben bleiben.» «Wäre aber gar nicht möglich gewesen», lächelt er, «weil sonst am ersten Tag das halbe Land republikflüchtig geworden wäre.» «Was hast du dir angesehen?» «Ich war ja nicht auf Reisen, ich habe eingekauft, Fressalien, einen Radiowecker, so viel, wie das Begrüßungsgeld hergab. Hätte gern schwarz getauscht, aber die Kurse waren unverschämt, und obwohl sofort D-Mark bei uns auftauchten, hat niemand davon etwas abgeben wollen. Aber ein Hunderter ist ja auch kein schlechtes Startguthaben gewesen. Hat sogar für einen Kaffee am Bahnhof Zoo gereicht, das Kranzler war leider zu teuer. Na, da war ich dann später.» «Dann kennst du hier ja alles.» «Das war auch vorher schon so. Was meinst du, was ich abends gemacht habe? Natürlich West-Krimis geguckt. Das ist der Reichstag dahinten, aber den kannst du ja sogar von uns aus sehen. Und da vorne kommt die Schwangere Auster. Wir wissen mehr über euch als ihr über uns.» Um so besser, dann können wir uns das Gerede jetzt ja sparen.

Durch den stillgelegten Lehrter Stadtbahnhof, Stops in Bellevue, Tiergarten, Zoo, dort alle aussteigen und Richtung Ku'damm zur Haltestelle des 129er. Kein Mensch auf der Kantstraße, aber vom Breitscheidplatz her kommen schon die ersten Spaziergänger geschlendert, mit und ohne Hund. Die sind ausgeschlafen, bereit für den neuen Tag. Immerhin nur acht Minuten Wartezeit, nicht schlecht für den Feiertagsfahrplan. Überall liegen Reste vom Mitternachtsgeballer herum: Raketenstöcke, ausgefranste Hüllen von Chinaböllern, zerfetzte Ladykrachermatten, Plastikkappen, Konfetti, abgebrannte Streichhölzer. Tommy schiebt mit dem Fuß einen kleinen Haufen aus diesen Relikten zusammen, man riecht noch das Schwarzpulver.

«Hier haben die gefeiert, die der alten Stadt treu geblieben sind», erklärt er verächtlich, «nur ja keine Berührung mit den neuen Tatsachen.» «Meinst du nicht, daß vielleicht auch etliche aus Ostberlin hierhergekommen sind, um zu feiern?» Tommy schaut Makro an, als sei der nicht ganz bei Trost: «Haste nicht die Massen gesehen, die auf dem Pariser Platz und dem Platz vor dem Brandenburger Tor waren? Das waren mindestens zwei-, dreihunderttausend. Wenn nicht noch mehr. Was hätten die hier gesollt?» Mark mischt sich ein: «Ich kann mir schon vorstellen, daß manche hierher zur Gedächtniskirche gefahren sind. Als Symbol von West-Berlin.» «Schönes Symbol, eine ausgebrannte Ruine!» Lange nichts mehr von Stepan gehört, und auch das kommt nur zwischen zusammengebissenen Zähnen hervor. Er steht, die Arme verschränkt, als ob ihn immer noch fröstele, etwas abseits von uns, der Kopf hängt herab; ich dachte, der schläft im Stehen, aber von wegen. Keiner hält den Einspruch für beachtenswert, merkst du es, Peppone, du bist isoliert. Mit Tommy hast du es dir verscherzt, und die anderen wollten dich ohnehin nicht dabeihaben. Von links schält sich der Doppeldecker aus dem Licht, beide Türen öffnen sich, wir steigen hinten ein, keiner denkt daran zu bezahlen.

Wieder nach oben, beim Anfahren strauchelt Sixtus auf der Treppe und wird von Tommy aufgefangen. Ich bin wie immer am Schluß, weil ich es nicht leiden kann, wenn mir Leute auf den Hintern sehen, und frage mich, ob er Sixtus auch geholfen hätte, wenn er wüßte, was in der

Straßenbahn passiert ist. Beide lachen sich an, und das wundert mich noch mehr, denn Sixtus weiß, was in der Straßenbahn passiert ist. Ist das dreist, aber ein bißchen bewundere ich ihn auch für die Nonchalance, mit der er den guten Kumpel gibt. Nimmt bei mir den Platz von Tommy ein, bei Tommy den Platz von Stepan. Dann die erste Entscheidung des Tages: Er setzt sich nach vorne in die zweite Reihe links, Tommy auf der anderen Seite nach rechts, beide rücken ans Fenster, vorne belegen Marlene, Makro, Stepan, Mark die besten Plätze. Wohin setze ich mich? Was auch immer ich nun tue, es wird mir verübelt werden, also lasse ich mich hinter Tommy auf den Doppelsitz sinken, stelle die Füße in den Gang und lege den Kopf an die Wand, so daß ich Sixtus zuzwinkern kann. Geschickt gemacht, von vorne wandert Tommys Hand über die Lehne, sucht probehalber den Kontakt, und da ich nicht zurückweiche, schleicht sie über meine Haare abwärts. Ich aber ziehe eine Grimasse dazu, die nur von gegenüber zu sehen ist. Großes Theater.

Diesen Weg kenn ich, er ist Abschluß aller meiner Touren durch die Stadt gewesen, die Haltestellen kann ich aufsagen, nur diesmal keine Plastiktüten auf dem Schoß, kein heimliches Herausschlüpfen aus den Schuhen, um die Blasen zu untersuchen, die ich mir gelaufen habe. Von vorne geht Mark durch die Reihen, setzt sich hinter mich und beugt sich zu mir her: «Schläfst du?» Tolle Frage, ich schüttle den Kopf: «Wie könnte ich? Was für eine Nacht.» «Ich wollte dir meine Adresse geben», er hält mir einen Zettel hin, «die anderen haben sie auch schon. Für den Fall, daß ihr noch mal herüberkommt.» «Klar. Werden wir, und dann kommen wir vorbei. Und wenn ihr mal nach Westdeutschland fahrt, müßt ihr bei uns haltmachen. Ist zwar nur ein Kaff, liegt aber schön und ist nicht weit von der Autobahnauffahrt, falls es nach Köln oder Paris geht. Warte, hast du was zu schreiben dabei?» Er reicht mir Stift und Papier, und ich schreibe die Adresse auf. Was mache ich, wenn die wirklich kommen? Am Ende gar mit Norbert. Quint hätte ich die Anschrift geben sollen, der würde den nie mitbringen. Aber Mark? Bei der Telefonnummer lasse ich mir eine Phantasiefolge einfallen, zumindest ganz einfach soll es nicht sein, aber an der Adresse kann ich nichts mehr ändern. Er nimmt das Papierstück entgegen, faltet es fein zwischen die anderen vier Zettel und verstaut sie im Portemonnaie. Ich schiebe seine Notiz in die Tasche und drehe mich zum Fenster. Jetzt kein Gespräch, bitte.

Kaum Verkehr, fast wie drüben, denke ich, nur daß die Straßenränder beparkt sind. Alles so ruhig, und Bäume auf den Bürgersteigen. Daß die im Osten fehlten, war mir vorhin gar nicht aufgefallen. Häuser, die aus dem Straßenpflaster wachsen, keine Vorgärten, keine Bepflanzungen. Nur Pankow hat den Charakter einer Gartenstadt zwischen den Wohnriegeln, deshalb ist das wohl so begehrt. Dazu müßte man jetzt Mark oder Marlene fragen, aber mit der undankbaren Zicke rede ich nicht mehr, was ist nur in die gefahren? Und er ist mir unheimlich geworden. Wie hat er sich vom Pornogucker in einen Mann verwandeln können, dem mein Mitleid gilt? Quint, das war der Anständige dort. Der hat sogar noch unseren Rückzug gedeckt, indem er sich um Norbert gekümmert hat. Was wäre gewesen, wenn der sich in seinen Toyota geworfen und die Straßenbahn verfolgt hätte, laut hupend, «Ich kriege euch, ich lasse euch einbuchten, das ist eine Staatsgrenze!» Plötzlich hat er eine Uniform an, und vor seinem Mund steht Geifer, auf der Rückbank des Geländewagens sitzen knüppelschwingende Männer mit Bobby-Helmen, grell tutet die Trompete, ich reiße die Augen auf.

Am Roseneck, als wir aussteigen, eine ganze Armada von Bussen, einige mit tuckerndem Motor und dösenden Fahrern, die heute auf ihre Bild-Zeitung verzichten müssen. «Hier lang», dirigiere ich, und fast bin ich stolz, als ich die im Frühlicht strahlende Straße hinaufsehe, keine Unebenheit in der Pflasterung, saubere Fassaden und Läden, die bunte Werbeschilder am Eingang und in den Fenstern haben. Selbst frühmorgens glänzt der freie Westen. Stepan plaudert mit Makro, wieso nur stört mich das so? Wieso kann ich die Jungs nicht lassen? Wird Zeit, daß wir wieder ins Auto kommen, damit sie sich auf engstem Raum auf die Nerven gehen. Alle anderen sind still vor Müdigkeit, Marlene mußten wir vor dem letzten Halt aufwecken, und selbst Tommy war vor mir immer wieder eingenickt. Nur Sixtus hat mich nicht aus den Augen gelassen, und so soll es auch bleiben, der ist genauso scharf auf mich wie ich auf ihn. Nun aber gehe ich voran, Fremdenführerin mit Hausrecht, die Gastgeberin, die, anders als Norbert, allerdings nichts vorzuweisen hat als das, was ihr Onkel besitzt. Nach fünf Minuten sind wir an der Tür, ich sperre auf, war nicht verschlossen, die ersten Hausbewohner sind wohl schon unterwegs, oder Simone und Karl sind irgendwann schlaftrunken eingetroffen und haben nicht daran gedacht, hinter sich wieder dichtzumachen. Durch den breiten Eingang mit dem Serpentinsockel, vierzehn schlurfende Füße auf rotem Sisal, den schmale goldlackierte Stangen auf den Stufen fixieren. Was man alles sieht, wenn man den Kopf kaum noch hochhalten kann. Zwing dich! Da sind die dunklen Türen mit dem Spion auf Augenhöhe, die goldenen Klingelkreise und die angeberischen Namensschilder der Büros.

Auf dem Absatz vor Joachims Wohnung: «Hier ist es.» Das hätte lapidar klingen sollen, aber ins Schweigen der anderen hinein gerät es schwülstig. Schlüssel oben hinein, dann den zweiten, größeren, unten, das sind Handgriffe, die mir vertraut sind, hier weiß ich alles, die Tür schwingt auf, und aus dem Flur höre ich schon Schritte. Onkel Joachim tritt ins Vestibül, noch ehe wir alle drin sind, oh, da stimmt was nicht, aber er hält sich gar nicht mit einer Bemerkung über die ungebetenen Gäste auf: «Gott sei Dank, daß ihr da seid. Ich habe mir Sorgen gemacht.» «Wieso? War doch Silvester. Wir sind in den Osten gefahren und haben da mit Leuten gefeiert, die wir am Brandenburger Tor kennengelernt hatten.» «Ihr wart also wirklich dort? Habt ihr nichts mitbekommen von dem Unfall?» «Welcher Unfall?» «Ich hab es im Radio gehört, als ich heute morgen zurückgefahren bin, das war so gegen vier. Am Brandenburger Tor ist eine Großleinwand eingestürzt und hat zwei junge Leute erschlagen, sagen sie. Viele sollen verletzt sein, die Krankenhäuser hier und im Osten sind voll. Und als ich euch dann nicht hier vorfand, war mir die Sache nicht geheuer, beinahe hätte ich angefangen, in den Kliniken anzurufen.»

«Du bist süß. Nein, es ist alles in Ordnung», ich gebe ihm einen Kuß, «haben dich denn Karl und Simone nicht beruhigt?» «Haben die versucht, mich anzurufen?» Und da fällt es mir wie Schuppen von den Augen: Die beiden sind noch gar nicht hier, und er verwechselt sie mit Mark und Marlene. Natürlich, er kennt ja nur mich und Makro wirklich gut, hat nur rasch durchgezählt: eins, zwei, drei, vier, fünf, sechs, sieben, zwei Mädchen, fünf Jungs. Zumal es im Vestibül dunkel ist, weil ich beim Eintreten kein Licht gemacht habe, um ihn nicht zu stören. Besser so, da muß ich nicht erklären, warum ich einfach Fremde mitbringe in die Wohnung eines Mannes, der nicht wenig heikel ist, wenn es um seine private Welt geht. Deshalb drücke ich mich an ihm vorbei und ziehe ihn mit: «Komm, geh doch ins Bett, jetzt sind wir ja da.»

«Wollt ihr kein Frühstück? Eilends wird der Hunger stärker.» «Nein, nicht nötig, wir haben ziemlich viel Knabberzeug und Süßes vertilgt. Und Kaffee wollen wir vor dem Schlafen lieber auch nicht.» Wir sind schon im Flur, die anderen hängen noch ihre Sachen an die Garderobe, ich habe die Jacke einfach angelassen. «Wir setzen uns noch etwas in die Rotunde, aber wir werden dich nicht stören. Eine Zigarette vielleicht.» «Seit wann rauchst du?» «Seit wann bist du meine Eltern?» lache ich zurück. «Nein, ich rauche nicht, aber Sixtus und Stepan. Und Tommy ist Gesellschaftsraucher. Laß dich nicht stören. Ich paß auch auf, daß sie brav die Aschenbecher benutzen.» «Die sind im Vitrinenschrank im Eßzimmer. Nimm bitte nur einen.» Er kann nicht aus seiner Haut. Dann bleibe ich an der Doppeltür stehen, und er winkt mir zu, als er weitergeht in Richtung Schlafzimmer, wo er sich unter die amerikanische Fahne legen wird: «Hattet ihr denn Spaß?» «Ja, riesigen. Ich erzähl dir nachher alles. Gib uns nur ein paar Stunden.» «Solange ihr wollt.

Ich bin zum Brunch eingeladen und komme am frühen Nachmittag wieder, da dürftet ihr ausgeschlafen haben. Aber dann wirklich erzählen, ich bin neugierig. Nièce, à quels raouts allez-vous donc la nuit pour en revenir avec des yeux si las et si lucides?» «Wie bitte? Wo kommt das denn her?» Er gähnt laut, ich gähne zurück. «Erzähle ich dir morgen, du Romanistin. Macht nicht mehr zu lange.» «Keine Sorge, nur die eine Zigarettenlänge.» Dann verschwindet er am Ende des Flurs, macht die Tür zu, und ich atme auf.

Im Vestibül stehen sechs Personen unschlüssig herum. Ich hole sie ab, leg den Zeigefinger auf die Lippen, und sie sind wirklich mucksmäuschenstill im Flur. Dort die Tür zum Wohnzimmer aufgedrückt, alle durchgelassen in den morgenlichthellen Riesensaal, dahinter wieder zugemacht. «Jetzt können wir reden. Willkommen! Auch im Namen des Herrn, den ihr eben kennengelernt habt. Er ist nicht immer so unhöflich, aber ihr habt ja gesehen, er war besorgt. Mein Onkel Joachim, Hausherr in dieser bescheidenen Hütte.» Die Jungs haben sich sofort in die Polster fallen lassen, aber Marlene und Mark stehen noch mitten im Raum und glotzen zur Decke, zu den Stuckverzierungen, in das Strahlweiß der Wände, auf die Glasschiebetüren zu Büro und Eßzimmer, die nun halb geschlossen sind, zu der breiten Fensterfront mit den endlosen Gazevorhängen, die ausladende Sofagarnitur, auf die Parkettebene rings um sie, darauf als Insel die Sitzecke, und hinter ihnen das französische Bett, der Gigant, der in diesem großen Raum kaum auffallen würde, wenn darüber nicht das riesige blaue Porträt hängen würde. Doch, das ist er, zweifellos, auch wenn er es hundertmal abstreitet. «Kaffee wär jetzt gut.» Tommy reißt mich aus meinen Gedanken und löst auch die Lähmung unserer beiden stehenden Gäste: «Nein, mach dir keine Mühe.» «Das macht keine. Die Maschine läuft in fünf Minuten durch. Nehmt ihr Milch und Zucker? Und ich schaue mal, ob es was zu naschen gibt. Setzt euch doch.» Marlene nimmt den letzten freien Platz auf der Couch ein, für Mark holt Tommy einen Stuhl von nebenan.

Ins erste Blubbern der Kaffeemaschine hinein durchsuche ich die Küche nach Eßbarem, das Onkel Joachim nicht gleich vermissen wird. Wenn ich wüßte, wie die Mikrowelle damit klarkommt, würde ich riskieren, einen der Kuchen aus den Tiefkühlschränken aufzutauen. Vielleicht den, den ich gestern übergeben habe? Da könnte ich mich damit rausreden, daß Mama ihn für uns gemeinsam vorgesehen hätte; ich muß nur aufpassen, daß etwas für ihn übrigbleibt, sonst wäre das zu unverschämt. Ja, das geht. Er liegt im obersten Fach, noch nicht mit derselben Sorgfalt in Alufolie und Gefrierbeutel gepackt wie die restlichen, das ist gut, Auspacken hätte zuviel kriminelle Energie verbraucht. Ich stelle auf fünf Minuten ein, schlimmstenfalls ist das Gebäck dann kochendheiß am Rand, aber ich wähle nur die vorletzte Stufe, muß ich eben gleich vorkosten, und ist ja auch egal. Vom Schrank hole ich das englische Tablett herunter, dunkles Mahagonifurnier mit Einlagen, nierenförmig. Darauf Teller, nein, nicht diese, ich nehme nachher die guten aus der Vitrine, wennschon, dennschon. Also nur eine Platte drauf für die Torte, Zucker, ein Milchkännchen, nicht das Kondenszeug, sondern die extradicke Frischmilch, Löffel dazu, Kuchengabeln. Die sind hier nicht, na klar, im Silberfach unter der Samtabdeckung, sieben Stück abgezählt, Löffel hatte ich wahllos gegriffen, Tommy trinkt schwarz, Makro gar nicht. Für den ein Glas aufs Tablett. Soll er mir nachher sagen, ob er Saft will, Milch oder Wasser. Damit zurück in die Rotunde, keine Unterhaltung, sie hängen in den Seilen, Makro ist schon wieder weg, Sixtus steht vor der Stereoanlage und legt eine CD ein.

«Aber leise!» «Na klar. Ist ohnehin nur Klassik da.» «Rock ist im untersten Regalfach.» «Nein, muß nicht sein. Was hältst du von Debussy?» Will er mir imponieren? «Keine Ahnung, nur nicht Beethoven oder Wagner. Was Sanftes.» «Was denn sonst? Ich nehme Klaviermusik. Müßte was bei Schubert zu finden sein, wenn es nicht Beethoven sein darf, dieser große Lärmer.» Aber für Ironie bin ich jetzt nicht zu haben, und zu den ersten Tönen aus den Boxen lasse ich die Besteckteile klappern, «Teller kommen sofort», hinüber ins Eßzimmer, ich nehme das Meißen, Flügelmuster, damit prunkt der Onkel, wenn er besonders liebe Gäste hat, für weniger spektakulären Besuch gibt es Drachen in Rot. Passende Tassen hat es auch, das Tablett wird ganz schön schwer. Sollte ich eine Decke auflegen? Unsinn, wir können doch eh kaum mehr aus den Augen gucken. Jetzt vorsichtig, nicht stolpern, und dann bin ich am Sofatisch, räume die Zeitschriften weg und verteile für sieben Leute Porzellan, das sieht schon ganz gut aus.

Makro begegne ich im Flur, als er aus der Dienstmädchentoilette kommt. «Geht's dir gut?» Er schaut mich an. «Ich meine, bist du fit?» «Das ja. Richtig gut geht es mir nicht. Mal sehen, was dieses Jahr bringt. Frohes 1990.» So kriege ich noch einen Privatkuß, doch ich scheuche ihn wieder rein, gut, daß die Tür wegen der Musik zu war, denn da gibt es gleich zwei, die das hier nicht hätten sehen sollen.

Die Torte sieht so lala aus, aua, der Teller ist heiß, sollte reichen, damit zumindest der Rand angetaut ist. Im schlimmsten Fall muß der Kern dann liegenbleiben. Auch der Kaffee ist durchgetröpfelt, es wird serviert. Leises Reden aus dem Bürotrakt, Tommy fuchtelt mit den Armen, weist auf Bilder, Möbel, Parkett, Fenster, Marlene und Mark trotten hinter ihm her, da sind sie schon ins Vorzimmer von Frau Bernward verschwunden, ich gieße die Tassen voll, Stepan hat seine sofort am Mund, da kommt die Schloßführung durch die Tür vom Flur wieder herein, und Tommy drückt mit Schwung die Schiebeflügeltür zum Eßzimmer auf: «Und nun der Musiksalon, dahinten steht das Meißner Porzellan drin, an den Wänden Kalligraphie aus Japan, und wenn ihr hier hochschaut, dann läuft da ein Stuckband um den Kronleuchter herum, das wie ein geflochtenes Tau gestaltet ist.» Ich staune mehr als seine Gefolgschaft, seit wann blickt er denn so genau hin? Aber in seiner Stimme liegt etwas Angeberisches, und Marlene kommt aus dem ungläubigen Kopfschütteln gar nicht mehr heraus, wie eines jener filzüberzogenen Hündchen, die auf Hutablagen mit ihren eingehängten Köpfen wackeln. Mark dagegen ist starr, seine Bewegungen sind eckig, als hätte man ihm einen Sack Stärke eingeflößt, er kommt kaum nach, hält Abstand zu Tommy und sucht sich seine eigenen Perspektiven auf die Wohnung, nimmt da eine Vase ins Visier, baut sich hier vor einer bemalten Stoffbahn auf, dann tritt er an den schwarzglänzenden Flügel, läßt die golddurchwirkte Seide des Obi durch die Finger gleiten, kommt zurück und plumpst kommentarlos auf seinen Stuhl, während Tommy mit Marlene drüben ans rechte Fenster getreten ist, wo er wild gestikulierend nach unten weist, doch ich höre nur Bruchstücke mit Fahrzeugtypen und Erläuterungen zur Parkplatzsituation, hat ihm Joachim von seinem BMW erzählt? Dann herrsche ich ihn mit unterdrückter Lautstärke an: «Laß jetzt gut sein. Euer Kaffee wird kalt.» Da hat er ihr doch glatt die Hand über die Schulter geschoben und dirigiert sie flüsternd, seinen Kopf an ihrem, als hätten sie etwas Wichtiges zu bereden, herüber.

Mark ist kreidebleich, Sixtus gibt sich Mühe, das Gespräch in Gang zu bringen: «Was habt ihr heute noch vor?» Marlene antwortet für ihn: «Keine Ahnung. Eigentlich erwarten Norbert und ich am späten Nachmittag Familie, aber ich glaube kaum, daß mein Göttergatte dann schon wieder vorzeigbar sein wird. Muß ja auch noch aufgeräumt werden bei uns. Mark wollte mit Quint schwimmen gehen oder ins Planetarium. Die machen immer an Neujahr eine Vorführung darüber, was die Sterne bringen. Gehst du hin? Mark?» «Was? Entschuldige, ich war gerade woanders.» «Planetarium am Thälmann-Park.» «Ja, da wollte ich nachher hin. Ist aber nicht mehr nötig. Ich habe einen Vorgeschmack darauf bekommen, wie die Zukunft aussieht», und sein Blick wandert von rechts nach links die Wände und die Türen entlang, bis er bei ihr anlangt, sie anstarrt: «Kannst du das fassen?» Und aus seiner Miene spricht die ganze Bestürzung eines Indianers, der gerade Europa entdeckt hat. Da haben sie uns ihre Wohnungen geöffnet in dieser Nacht, haben aufgefahren, was Küche und Keller zu bieten hatten, haben uns zwischen ihre Waldtapeten gelassen im Eliteviertel von

Ostberlin, auf sicher achtzig Quadratmetern, da waren die Rübezahlschwenker aus dem Erzgebirge, die Nippes in den Regalen, der Porno – und das alles wird am Morgen weggewischt in einer Raumflucht, die ihnen wie das Kapitalistische Manifest vorkommen muß, obwohl nur ein kleiner Anwalt hier lebt, in dessen Wohnzimmer allein aber die ganze Behausung von Mark unterzubringen wäre. «Der hat hier in dem Tanzsaal nicht mehr Mobiliar stehen als ich in meinem Zwergenzimmer, und er könnte problemlos noch mit seinem Auto drum herum fahren.» Dann sagt er fast trotzig: «Ich kenn das ja alles aus dem Westfernsehen.» Aber sein Gesicht verrät, daß er es vorher nie geglaubt, daß er es für Propaganda gehalten hat. Und nun sitzt er drin, und es ist nichts Kulisse.

«Wir müssen weg.» Er hat den Kaffee nicht einmal angerührt, geschweige denn den Kuchen. «Komm, Marlene, es ist spät.» Sixtus macht keinen Versuch, ihn umzustimmen, ich sehe Makro an, Stepan, Tommy, sie alle haben verstanden, was los ist. Tommy ist sogar wieder rot geworden, läuft in den Flur, kommt schon mit den Jacken der beiden wieder, als müßte er es ihnen leichtmachen zu gehen, als wäre die Geste ein Unterwerfungsangebot, schaut her, ich aus dem Westen bediene euch, Bruder und Schwester aus dem Osten, ihr seid das Volk, und das hier mag euch zwar wie ein Königspalast vorkommen, aber darin leben auch nur Menschen wie ihr, kleine Krabbler, die sich nicht zu fein sind zu arbeiten. Doch Mark läuft blind an ihm vorbei, hinaus ins Vestibül, durchwühlt die Garderobe, und hätte Marlene ihn nicht angetippt und auf den hilflosen Tommy gewiesen, der die hellblaue Jeansjacke wie eine Opfergabe vor sich herträgt, dann hätte er losgebrüllt vor

Verzweiflung, das kann ich ihm noch ansehen, als er nun seinen Körper in das Kleidungsstück hineinquält, sich in den Ärmeln verheddert, die Hände schließlich durchboxt, als prügele er auf einen unsichtbaren Gegner ein. Dann stehen sie draußen, wir drinnen, ein Winken, was soll man noch sagen? So ist es eben. Er rauscht ab, mit Gepolter die Treppe hinab, als trieben ihn Furien vor sich her, sie hat ihre Linke vor dem Mund, als wollte sie einen Schrei unterdrücken, doch dann zieht sie sie weg, spitzt die Lippen, öffnet die Handfläche zu uns her und haucht uns einen Flugkuß zu. Sie dreht sich um. Tommy schlägt die Tür zu, daß es knallt. Der gedankenlose Trottel.

Wieder in die Rotunde, ins hingetupfte Geklimper, zu den halbleer gegessenen oder noch unberührten Tellern, zu den Lichtpfaden auf dem Parkett. Ich räume das Geschirr beiseite, kippe Kaffeereste zusammen, staple die Tassen, Sixtus sammelt Teller ein, ein Blick in die Runde, die anderen drei sind in den Polstern versunken, Makro reißt die Augen auf, sieht aber nichts, Tommy und Stepan machen sich die Mühe gar nicht mehr, ich lächele ihn an, er lächelt zurück, klar, warum er mir hilft, und am liebsten wären wir jetzt gleich verschwunden. Aber wohin, wo doch in meinem Zimmer jederzeit Tommy und in seinem Stepan und Makro auftauchen könnten? Aber wie ist es mit dem von Simone und Karl? Aber das hieße Glaskasten, auch wenn ich nicht damit rechne, daß es bei irgendwem noch für mehr als ein Stolpern ins eigene Bett reicht. Also doch einfach in den Flur, und dort nimmt mir Sixtus das Tablett aus der Hand, stellt es auf der Kommode ab und geht einfach nach rechts, durchs Vestibül ins Bernwardsche Büro, ohne sich umzusehen.

Irgendwann ist dann doch alles in der Küche, und er umfängt mich, gräbt seine Nase in meine Frisur, tupft mir eine Schaumflocke aus dem brausenden Becken aufs Gesicht. Ich greife mir seine Finger und führe sie langsam herab, bis sie auf den Lappen stoßen: «Mach du mal weiter, ich bringe die Jungs ins Bett.» Er schaut erstaunt, lacht dann auf und fährt mit beiden Händen ins heiße Wasser, das sich schlechter vor ihm teilt als ich. Ich ziehe die Tür zu, um das Geklapper einzuschließen, unnötig, denn von gegenüber kommt Makros sägendes Schnarchen. Die Morgensymphonie, für die ich ihn gerne verlassen habe. Um daneben schlafen zu können, mußte man die ganze Nacht durchgemacht haben. So wie Tommy, so wie Stepan, so wie ich. Soll ich mich zu ihnen legen? Aber das wäre mir richtig unangenehm, wenn Onkel Joachim nachher vier Leichen vorfindet, die so tot von ihrer Feierei sind, daß sie es nicht einmal mehr in die jeweiligen Grabstellen geschafft haben. Also angepackt, zuerst Makro, denn das wird seine Zeit brauchen, bis der selbständig zwei Zimmer weiter kommt. Grunzen, Stöhnen, Gähnen, Reiben, dann rüber zu Stepan, den fasse ich aber nicht an.

«Aufstehen, das Zimmer ist gerichtet.» Schon ist er da: «Schrei doch nicht so.» Schließlich Tommy, dem wird eine Hand aufgelegt, doch dann ziehe ich sie zurück und bitte Stepan: «Kannst du das übernehmen? Ich muß den da am Leben erhalten.» Makro ist schon wieder dabei wegzukippen, Stepan greift sich Tommys Nase und hält sie zwischen zwei Fingern eingekniffen, damit der aufwacht, er japst, Kopfschütteln, aber beide wirken jetzt halbwegs munter. «Könnt ihr mir helfen? Den müssen wir schleppen.» So tragen wir Makro zu dritt hinüber, und es gibt keinerlei Anzeichen dafür, daß er irgend etwas von dem Transport gemerkt hätte.

Im Flur klingelt das Telefon, verdammt, was soll das um diese Zeit am Neujahrsmorgen? Vor dem dritten Mal bin ich da, aber darf ich ein Gespräch für den in Etikettefragen leicht zu verstimmenden Onkel annehmen? Egal, schließlich soll unser Gastgeber in Ruhe schlafen: «Hallo?» Und dabei absichtlich einen genervten Ton in die Stimme, damit am anderen Ende der Leitung klar wird, wie unglücklich der Zeitpunkt des Anrufs gewählt ist. «Spreche ich mit Frau Zeuber?» Dieses Mißverständnis hebt meine Stimmung ungemein, da ist niemand dran, der Joachim kennt, mal sehen, wie weit das Spiel geht: «Mein Mann schläft. Wissen Sie zufällig, was für ein Tag heute ist?» «Leider nur zu gut. Hier spricht die Polizeidienststelle Tiergarten. Eine Frau Werth möchte Sie sprechen. Moment, ich übergebe.» Simone? Was um alles in der Welt ist da passiert? Da ist sie schon dran: «Hallo?» «Ich bin's. Was ist los?» «Seid ihr schon wach?» «Sagen wir: noch. Was macht ihr auf der Polizei? Wie geht es Karl?» «Uns geht es gut.» Daß das gelogen ist, kann man nicht überhören, die Stimme ist mühsam beherrscht. «Aber wir sitzen hier fest und brauchen euch. Als ihr weggegangen wart, sind wir vorm Brandenburger Tor geblieben, haben uns mit ein paar Leuten unterhalten, getanzt, und dann ist plötzlich direkt neben uns der Bildschirm, erinnerst du dich, das Riesending neben dem Tor auf dem Gerüst, es ist eingestürzt, und da war plötzlich nur noch Schreien und eine Panik, ich habe die Leute fallen sehen, ein paar Stahlstangen haben uns nur knapp verfehlt, und es hat einen erwischt, mit dem wir kurz vorher noch zusammenstanden und geredet haben. Der ist, der hat, der ist tot.» Sie weint. «Wir standen dabei, und der ist gestorben. Der war ungefähr so alt wie wir, ein Student aus Charlottenburg. Das hatte er uns noch erzählt. Und dann, nur paar Minuten später, wollte der auch hochklettern, und dann ist der neben uns runtergekommen, das Krachen, als der auf dem Rücken aufschlug, du kannst dir nicht vorstellen, was das für ein Geräusch ist, und geblutet hat der, überall Blut. Wir haben ihn rausgezogen, weg von den Trümmern, bis auf den Mittelstreifen, überall haben die Leute noch geschrien vor Schmerzen, aber der war ganz still, irgendwer hat ihn beatmet, und um uns herum ging es die ganze Zeit weiter mit der Musik und den Raketen, die haben weitergetanzt, keiner hat sich interessiert, wie der gestorben ist. Die waren alle so betrunken, daß die gar nichts bemerkt haben, wir wurden weggeschoben, die sind über Absperrungen getrampelt, vielleicht sogar auf den Toten draufgetreten, bis wir mit ein paar anderen einen Kreis um ihn gebildet hatten, und überall lagen zerschlagene Flaschen, du konntest kaum mehr laufen, und ich hatte solche Angst, daß die uns umwerfen und ich in diese Scherben stürze. Es hat bestimmt mehr als zwanzig Minuten gedauert, bis endlich ein Krankenwagen durchkam, das war dann zwei Uhr. Wir sind hinter der Bahre her, weil wir sehen wollten, wie es ihm geht, und da haben sie uns festgenommen.» «Was?» «Wir hätten die Rettungsarbeiten behindert. Erst habe ich es gar nicht kapiert, weil nicht zu verstehen war, was der Polizist sagte. Dann haben sie uns nach Ausweisen gefragt, und da haben wir erst gemerkt, daß wir beklaut worden sind. Das muß passiert sein, als wir um den Toten rumgestanden sind, mitten auf der Straße, da ist jemand rangeschlichen und hat Karls Geld, Papiere, unsere Pässe, den Schlüssel zur Wohnung deines Onkels, alles hat er ihm geklaut. Ich pack das nicht, was sind das für Menschen? Und jetzt sitzen wir seit mehr als fünf Stunden in diesem Revier hier und haben uns nicht getraut, früher anzurufen, weil wir dachten, ihr schlaft noch. Und sie lassen uns nicht weg, weil wir uns nicht ausweisen können. Die brauchen jemand, der ihnen bestätigt, wer wir sind.» Sie wird schrill. «Glaubst du das? Erzähl denen bitte, wer wir sind. Karl ist mittlerweile eingepennt, aber ich hab es nicht mehr länger ausgehalten. Ich dachte, ihr könntet jetzt wieder wach sein. Kommt ihr?» Vor mir bricht der Tag zusammen.

«Das geht nicht, wir sind alle blau.» Was für ein kläglicher Versuch, doch ich kann hören, wie Simones Atem hektischer wird, und bevor sie wieder losheult, schnell nachschieben: «Gib mir doch noch einmal den Polizisten, ich kann ja bestätigen, wer ihr seid.» Da fällt mir ein, daß ich mich eben als eine andere ausgegeben habe, na, das wird ein Spaß. Aber Simone preßt nur raus: «Kommt bitte her.» «Die schlafen schon alle außer mir, ich hab nur gerade noch aufgeräumt», ich will das nicht aufgeben, nebenan wartet Sixtus, «kommt doch einfach mit dem Taxi. Gib mir jetzt bitte den Polizisten.» «Wie denn Taxi, ohne Geld?» «Das geben die euch. Oder ihr zahlt hier, wenn ihr ankommt, ich hab noch genug. Lassen die euch denn weg?» «Kapierst du es nicht: Die wissen nicht, wer wir sind.» «Sekunde, bleib ruhig. Gib mir einfach den Mann, der dir eben den Hörer gegeben hat.»

Gepolter, Genuschel, dann ist die erste Stimme wieder

da: «Hier Polizeiwachtmeister Behncke. Sie können die Dame identifizieren?» «Ja, das ist Simone Werth, wir sind in derselben Schulklasse gewesen und gestern gemeinsam nach Berlin gekommen, um Silvester zu feiern.» Er fragt nach Simones Adresse, nach ihrem Geburtsdatum, dann nach meinem Namen, anscheinend hat er den dummen Scherz vom Anfang vergessen. Meine Anschrift zu Hause und jetzt in Berlin will er noch und den Namen unseres Gastgebers, er bittet um etwas Geduld, die Kollegen prüften schon. Kurzes Warten, dann ist Simone wieder dran: «Wir können gehen.» «Dann laßt ein Taxi rufen. Kommt her, und ich warte in einer Viertelstunde unten mit Geld auf euch, hier schlafen ja alle, spart euch das Klingeln. Ich bin da.» «Ja, ist gut.» Aber das sagt sie nur so, glaubt es selbst nicht, und ich weiß, daß ich hinfahren müßte, denn Karl kapiert offenbar gar nicht, was in Simone jetzt vorgeht. Schläft einfach ein, wo sie in der Nacht jemanden haben sterben sehen. Doch ich will hier nicht weg, nicht jetzt. Das ist mein Morgen, und ob es einen zweiten geben wird, wer kann mir das beschwören? «Bis gleich, ja?» «Ja.»

In der Küche ist alles abgetrocknet, als ich zurück bin. Sixtus lehnt am Tisch und tut gar nicht so, als hätte er sich anderweitig beschäftigt: «Na endlich.» «Makro war nicht wach zu bekommen. Er ...», legt mir den Daumen auf die Lippen, macht bei sich das gleiche und führt dann die beiden Fingerspitzen zwischen uns zusammen.

Als ich nach notdürftiger Waschung in die Rumpelkammer trete, liegt Tommy ausgezogen auf der Matratze, es hat nicht einmal mehr zum Zudecken gereicht, das hole ich nach. Es ist fast zehn, Simone hatte sich schon beruhigt, als das Taxi ankam, Karl begrüßte mich mit «So ein Arschloch», meinte aber den Kerl, der ihn bestohlen hat. Wir sind rauf, und zu zweit konnten wir Simone überzeugen, daß es jetzt am besten wäre, ins Bett zu gehen. Ich hab sie noch fünf Minuten gehalten, während Karl sich ins Bad schlich, da hat sie schon kein Wort mehr gesagt, und mir kam sie fremd vor. Dann ist sie ins Eßzimmer, und ich bin über den Flur zu Tommy. Der weiß nichts. Was wird das morgen für ein Schock sein. Heute. Zum Jahresbeginn. Das Rouleau vorm Fenster muß herunter, sonst bin ich in einer Stunde wieder wach. Draußen im Flur knarren die Dielen, der Onkel wandert herum, macht sich wahrscheinlich schon fein für den Brunch, die Tür zum ersten Bad klappt, und dann plätschert die Dusche. Jetzt ist das Fenster endlich abgedichtet, ja, Nachtschwärze mitten am Morgen, Klamotten in die Ecke, ist noch alles beisammen? Ich gehe auf die Knie, nein, nichts fehlt, Mann, mußte ich mich eben hektisch wieder in die Sachen schmeißen, und dann hat es unten doch noch zehn Minuten gedauert, bis der Wagen ankam. Sixtus hatte angeboten, mit mir runterzugehen, aber ich wollte jetzt nicht schauspielern. Ich will entscheiden, wann es die anderen erfahren. Ich taste mich zur nächsten Metallstrebe des Evil-Knievel-Riesenkastens, lege das Zeug auf ihn drauf, krieche von dort etwas nach rechts und stoße auf ein loses Kabel, wohl vom Flipper. Das brauch ich jetzt. Eine Steckdose war neben der Tür. Unter dem Ding durch und drüben an der Wand fühlen, da ist sie, Herumgestochere, und dann flackert er in meinem Rücken auf, lautes Knacken, Anzeigen flattern wie die Tafeln auf dem Flughafen, nur kürzer, und der Raum liegt in schummrigem Blau-Rot-Weiß-Licht. Links komme ich noch knapp vorbei, ohne einen der Bilderstapel umzustoßen, dann stehe ich vor dem leuchtenden Motorrad mit dem Siebziger-Jahre-Typen, der den Helm lässig unterm Arm trägt. Einladend laufen unter meinen Kleidungsstücken Funkenbänder in der Tiefe des Kastens auf und ab, da glitzert etwas durch den Blusenstoff, hier erweist sich der Slip als durchsichtiger als gedacht, dort deckt die Jeans alles zu. Ich wische den Haufen rechts runter, lege die Hände an die Knöpfe, traue mich aber nicht zu drücken. Oben steht alles auf Null, doch wo ist die Kugel? Ich bücke mich runter zur Hose, krame in den Taschen, irgendwo muß das Portemonnaie sein, ein paar Fünziger sollte es darin noch geben. Das ist jetzt Blödsinn, doch da ist das Geld, und schon rasselt eine Münze in den Schlitz, das Gerät bäumt sich auf, gluckst, rattert und spuckt einen Silberball vors Katapult, und ehe ich darüber nachgedacht habe, schnellt er nach vorne, Sirren, Blinken – Umdrehen, schläft – Rütteln, Wirbeln – Nachsehen, schläft – Knallen, Sprühen – Schauen, schläft – Schlagen, Glänzen – Zwinkern, schläft – Springen, Leuchten – Prüfen, blinzelt – soll ich den Stecker wieder ziehen? Aber da läuft die Kugel, läuft gegen tausend Widerstände und prallt in perfektem Bogen ab, rammt und prügelt die Kontakte, durch die Tore, in die Vertiefungen hinein, schon wieder hinaus, weiter, und oben rotiert der Zähler, helles Klingeln, Gefiepe, Strahlen – Seitenblick, schläft wieder – Freispielmelodie. Ich bin gemeint.

10.

Am Nachmittag des 1. Januar 1990 verließ sie zusammen mit ihren drei Begleitern die Wohnung von Joachim Zeuber. Bei unverändert leichtem Frost wehte mittlerweile Schneeregen, als der Kadett vollbepackt über die Clayallee in Richtung Dreilinden fuhr. Sixtus hatte sie vergebens gebeten, den Wagen zu wechseln, aber es war keine Zeit zu zweit gewesen, um mehr zu entscheiden als die Frage, wann man Thomas aufklären sollte. Später, hatte sie gesagt und sich damit durchgesetzt. So brach die erste Gruppe im Gefühl auf, daß nichts die Welt erschüttern könnte, weil drei an die Macht der Vergangenheit glaubten und eine an die der Zukunft. Bei der zweiten Gruppe verhielt es sich anders.

Dr. Joachim Zeuber starb anderthalb Jahre später nach kurzer schwerer Krankheit. Von Marlene und Mark, von Norbert und Quint hat niemand mehr etwas gehört.

Dank

an Dietmar Dath für Freundschaft, Susann Rehlein für Präzision, Wolfgang Ferchl fürs Freispiel, Gunnar Schmidt fürs Buch und Martina Gerhardt für all das und mehr.

Und an fünf Verlorene.

MIX
Papier aus verantwortungsvollen Quellen
FSC® C019821
FSC
www.fsc.org

Das für dieses Buch verwendete FSC®-zertifizierte Papier *Lux Cream* liefert Stora Enso, Finnland.